论雅俗共赏

朱自清◎著

四川人民出版社

图书在版编目（CIP）数据

论雅俗共赏 / 朱自清著. — 成都：四川人民出版社，2023.5

ISBN 978-7-220-12981-0

Ⅰ. ①论… Ⅱ. ①朱… Ⅲ. ①文学评论-文集 Ⅳ. ①I06-53

中国国家版本馆 CIP 数据核字（2023）第 025420 号

LUN YASUGONGSHANG

论雅俗共赏

朱自清　著

责任编辑	王　雪
封面设计	张　科　李秋烨
责任印制	祝　健
出版发行	四川人民出版社（成都三色路 238 号）
网　　址	http://www.scpph.com
E-mail	scrmcbs@sina.com
新浪微博	@四川人民出版社
微信公众号	四川人民出版社
发行部业务电话	(028) 86361653　86361656
防盗版举报电话	(028) 86361653
照　　排	四川胜翔数码印务设计有限公司
印　　刷	成都东江印务有限公司
成品尺寸	130mm×185mm
印　　张	9
字　　数	180 千
版　　次	2023 年 5 月第 1 版
印　　次	2023 年 5 月第 1 次印刷
书　　号	ISBN 978-7-220-12981-0
定　　价	58.00 元

"雅俗共赏"是以雅为主的，从宋人的"以俗为雅"以及常语的"俗不伤雅"，更可见出这种宾主之分。起初成群俗士蜂拥而上，固然逼得原来的雅士不得不理会到甚至迁就着他们的趣味，可是这些俗士需要摆脱的更多。他们在学习，在享受，也在蜕变，这样渐渐适应那雅化的传统，于是乎新旧打成一片，传统多多少少变了质继续下去。

目录

序

远在民国二十五年，我曾经写过两篇《新诗杂话》，发表在二十六年一月《文学》的《新诗专号》上。后来抗战了，跟着学校到湖南，到云南，很少机会读到新诗，也就没有甚么可说的。三十年在成都遇见厉歌天先生，他搜集的现代文艺作品和杂志很多。那时我在休假，比较闲些，厉先生让我读到一些新诗，重新引起我的兴味。秋天经过叙永回昆明，又遇见李广田先生，他是一位研究现代文艺的作家，几次谈话给了我许多益处，特别是关于新诗。于是到昆明后就写出了第三篇《新诗杂话》，本书中题为《抗战与诗》。那时李先生也来了昆明，他鼓励我多写这种"杂话"。果然在这两年里我又陆续写成了十二篇，前后十五篇居然就成了一部小书。感谢厉先生和李先生，不是他们的引导，我不会写出这本书。

我就用《新诗杂话》作全书的名字，另外给各篇分别题名。我们的"诗话"向来是信笔所至，片片段段的，甚至琐琐屑屑的，成系统的极少。这书里虽然每篇可以自成一单元，但就全书而论，也不是系统的著作。因为原来只打算写一些随笔。

自己读到的新诗究竟少，判断力也不敢自信，只能这么零碎的写一些。所以便用了"诗话"的名字，将这本小书称为《新诗杂话》。不过到了按着各篇的分题编排目录时，却看出来这十五节新诗话也还可以归为几类，不至于彼此各不相干。这里讨论到诗的动向，爱国诗，诗素种种，歌谣同译诗，诗声律等，范围也相当宽，虽然都是不赅不备的。而十五篇中多半在"解诗"，因为作者相信意义的分析是欣赏的基础。

作者相信文艺的欣赏和了解是分不开的，了解几分，也就欣赏几分，或不欣赏几分；而了解得从分析意义下手。意义是很复杂的。朱子说"晓得文义是一重，识得意思好处是一重"，他将意义分出"文义"和"意思"两层来，很有用处，但也只说得个大概，其实还可细分。朱子的话原就解诗而论，诗是最经济的语言，"晓得文义"有时也不易，"识得意思好处"再要难些。分析一首诗的意义，得一层层挨着剥起去，一个不留心便逗不拢来，甚至于驴头不对马嘴。书中各篇解诗，虽然都经过一番思索和玩味，却免不了出错。有三处经原作者指出，又一处经一位朋友指出，都已改过了。别处也许还有，希望读者指教。

原作者指出的三处，都是卞之琳先生的诗。第一是《距离的组织》，在《解诗》篇里。现在钞出这首诗的第五行跟第十行（末行）来：

（醒来天欲暮，无聊，一访友人罢。）

……

友人带来了雪意和五点钟。

括弧里我起先以为是诗中的"我"的话，因为上文说入梦，并提到"暮色苍茫"，下文又说走路。但是才说入梦，不该就"醒"，而下文也没有提到"访友"，倒是末行说到"友人"来"访"，这便逗不拢了。后来经卞先生指点，才看出这原来是那"友人"的话，所以放在括弧里。他也午睡来着。他要"访"的"友人"，正是诗中没有说出的"我"。下文"忽听得一千重门外有自己的名字"，便是这来"访"的"友人"在叫。那走路正是在模糊的梦境中，并非梦中的"醒"。我是疏忽了"暮"和"友人"这两个词。这行里的"天欲暮"跟上文的"暮色苍茫"是一真一梦；文行里的"友人"跟下文的"友人"是一我一他。混为一谈便不能"识得意思"了。

第二是《淘气》的末段：

哈哈！到底算谁胜利？

你在我对面的墙上

写下了"我真是淘气"。

写的是"你"，读的可是"我"；"你"写定好像是"你"自认"淘气"，"我"读了便变成"我"真是淘气了。所以才有"到底算谁胜利?"那玩笑是问句。我原来却只想到自认淘气的"真是淘气"那一层。第三是《白螺壳》,我以为只是情诗,卞先生说也象征着人生的理想跟现实。虽然这首诗的亲密的口气容易教人只想到情诗上去,但"从爱字通到哀字",也尽不妨包罗万有。这两首诗都在《诗与感觉》一篇里。

《朗读与诗》里引用鸥外鸥先生《和平的础石》诗,也闹了错儿。这首诗从描写香港总督的铜像上见出"意思"。我过分的看重了那"意思",将描写当做隐喻。于是"金属了的手","金属了的他",甚至"铜绿的苔藓"都就成了比喻,"文义"便受了歪曲。我是求之过深,所以将铜像错过了。指出来的是浦江清先生。感谢他和卞先生,让我可以提供几个亲切有味的例子,见出诗的意义怎样复杂,分析起来怎样困难,而分析又确是必要的。

这里附录了麦克里希《诗与公众世界》的翻译。麦克里希指出英美青年诗人的动向。这篇论文虽然是欧洲战事以前写的,却跟这本书《诗的趋势》中所引述的息息相通,值得参看。

朱自清

三十三年十月,昆明。

新诗的进步

在《新文学大系诗集·导言》末尾，我说：

若要强立名目，这十年来的诗坛就不妨分为三派：

自由诗派，格律诗派，象征诗派。

有一位老师不赞成这个分法，他实在不喜欢象征派的诗，说是不好懂。有一位朋友，赞成这个分法，但我的按而不断，他却不以为然。他说这三派一派比一派强，是在进步着的，《导言》里该指出来。他的话不错，新诗是在进步着的。许多人看着作新诗读新诗的人不如十几年前多，而书店老板也不欢迎新诗集，因而就悲观起来，说新诗不行了，前面没有路。路是有的，但得慢慢儿开辟。只靠一二十年工夫便想开辟出到诗国康庄新道，未免太急性儿。

这几年来我们已看出一点路向。《〈大系诗集〉编选感想》里我说要看看启蒙期诗人"怎样从旧镣铐里解放出来，怎样学习新语言，怎样找寻新世界"。但是白话的传统太贫乏，旧诗的传统太顽固，自由诗派的语言大抵熟套多而创作少（闻一多先生在什么地方说新诗的比喻太平凡，正是此意），境界也只是男女和愁叹，差不多千篇一律；咏男女自然和旧诗不同，可是大家都泛泛着笔，也就成了套子。当然有例外，郭沫若先生歌咏大自然，是最特出的。格律诗派的爱情诗，不是纪实的而是理想的爱情诗，至少在中国诗里是新的；他们的奇丽的譬喻——即使不全是新创的——也增富了我们的语言。徐志摩、闻一多两位先生是代表。从这里再进一步，便到了象征诗派。象征诗派要表现的是些微妙的情境，比喻是他们生命；但是"远取譬"而不是"近取譬"。所谓远近不指比喻的材料而指比喻的方法，他们能在普通人以为不同的事物中间看出同来。他们发现事物间的新关系，并且用最经济的方法将这关系组织成诗；所谓"最经济的"就是将一些联络的字句省掉，让读者运用自己的想像力搭起桥来。没有看惯的只觉得一盘散沙，但实在不是沙，是有机体。要看出有机体，得有相当的修养与训练，看懂了才能说作得好坏——坏的自然有。

另一方面，从新诗运动开始，就有社会主义倾向的诗。旧诗里原有叙述民间疾苦的诗，并有人像白居易，主张只有这种诗才是诗。可是新诗人的立场不同，不是从上层往下看，是与劳苦的人站在一层而代他们说话——虽然只是理论上如此。这一面也有进步。初期新诗人大约对于劳苦的人实生活知道的太少，只凭着信仰的理论或主义发挥，所以不免是概念的，空架子，没力量。近年来乡村运动兴起，乡村的生活实相渐渐被人注意，这才有了有血有肉的以农村为题材的诗。臧克家先生可为代表。概念诗唯恐其空,所以话不厌详,而越详越觉啰嗦。像臧先生的诗,就经济得多。他知道节省文字,运用比喻,以暗示代替说明。

现在似乎有些人不承认这类诗是诗,以为必得表现微妙的情境的才是的。另一些人却以为象征诗派的诗只是玩意儿,于人生毫无益处。这种争论原是多少年解不开的旧连环。就事实上看,表现劳苦生活的诗与非表现劳苦生活的诗历来就并存着,将来也不见得会让一类诗独霸。那么,何不将诗的定义放宽些,将两类兼容并包,放弃了正统意念,省了些无效果的争执呢?从前唐诗派与宋诗派之争辨,是从另一角度着眼。唐诗派说唐以后无诗,宋诗派却说宋诗是新诗。唐诗派的意念也太狭窄,扩大些就不成问题了。

(二十五年)

解 诗

今年上半年，有好些位先生讨论诗的传达问题。有些说诗应该明白清楚，有些说，诗有时候不能也不必像散文一样明白清楚。关于这问题，朱孟实先生《心理上个别的差异与诗的欣赏》（二十五年十一月一日《大公报·文艺》）确是持平之论。但我所注意的是他们举过的传达的例子。诗的传达，和比喻及组织关系甚大。诗人的譬喻要创新，至少变故为新，组织也总要新，要变。因此就变觉得不习惯，难懂了。其实大部分的诗，细心看几遍，也便可明白的。

譬如灵雨先生在《自由评论》十六期所举林徽音女士《别丢掉》一诗（原诗见二十五年三月十五日天津《大公报》）：

> 别丢掉
>
> 这一把过往的热情，
>
> 现在流水似的，
>
> 轻轻

在幽冷的山泉底，

在黑夜，在松林，

叹息似的渺茫，

你仍要保存着那真！

一样是月明，

一样是隔山灯火，

满天的星，

只有人不见，

梦似的挂起，

你问黑夜要回

那一句话——

你仍得相信

山谷中留着

有那回音！

这是一首理想的爱情诗，托为当事人的一造向另一造的说话；说你"别丢掉""过往的热情"，那热情"现在"虽然"渺茫"了，可是"你仍要保存着那真"。三行至七行是一个显喻，以"流水"的"轻轻""叹息"比"热情"的"渺茫"；但诗里"渺茫"似乎是形容词。下文说"月明"（明月），"隔山灯火"，"满天的星"，和往日两人同时还是"一样"，只是你却不在了，这"月"，这些"灯火"，这些"星"，只"梦似的挂起"而已。你当时说过"我爱你"这一句话，虽没第三人听见，却有"黑夜"

听见；你想"要回那一句话"，你可以"问黑夜要回那一句话"。但是"黑夜"肯了，"山谷中留着有那回音"，你的话还是要不回的。总而言之，我还恋着你。"黑夜"可以听话，是一个隐喻。第一二行和第八行本来是一句话的两种说法，只因"流水"那个长比喻，又带着转了个弯儿，便容易把读者绕住了。"梦似的挂起"本来指明月、灯火和星，却插了"只有'人'不见"一语，也容易教读者看错了主词。但这一点技巧的运用，作者是应该有权利的。

邵洵美先生在《人言周刊》三卷二号里举过的《距离的组织》一首诗，最可见出上文说的经济的组织方法。这是卞之琳先生《鱼目集》中的一篇。《鱼目集》里有几篇诗的确难懂，像《圆宝盒》，曾经刘西渭先生和卞先生往复讨论，我大胆说，那首诗表现的怕不充分。至于《距离的组织》，却想试为解说，因为这实在是个合适的例子。

想独上高楼读一遍"罗马兴亡史"，

忽有罗马灭亡星出现在报上。

报纸落。地图开，因想起远人的嘱咐。

寄来的风景也暮色苍茫了。

（醒来天欲暮，无聊，一访友人罢。）

灰色的天。灰色的海。灰色的路。

哪儿了？我又不会向灯下验一把土。

忽听得一千重门外有自己的名字。

好累呵！我的盆舟没有人戏弄吗？

　　友人带来了雪意和五点钟。

这诗所叙的事只是午梦。平常想着中国情形有点像罗马衰亡的时候，一般人都醉生梦死的；看报，报上记着罗马灭亡时的星，星光现在才传到地球上（原有注）。睡着了，报纸落在地下，梦中好像在打开"远"方的罗马地图来看，忽然想起"远"方（外国）友人来了，想起他的信来了。他的信附寄着风景片，是"灰色的天，灰色的海，灰色的路"的暮色图；这时候自己模模糊糊的像就在那"灰色的天，灰色的海，灰色的路"里走着。天黑了，不知到了哪儿，却又没有《大公报》所记王同春的本事，只消抓一把土向灯一瞧就知道什么地方（原有注）。忽然听见有人叫自己名字，由远而近，这一来可醒了。好累呵，却不觉得是梦，好像自己施展了法术，在短时间渡了大海来着；这就想起了《聊斋志异》里记白莲教徒的事，那人出门时将草舟放在水盆里，门人戏弄了一下，他回来就责备门人，说过海时翻了船（原有注）。这里说：太累了，别是过海时费力驶船之故罢。等醒定了，才知道有朋友来访。这朋友也午睡来着，"醒来天欲暮，无聊，一访友人罢"。这就来访问了。来了就叫自己的名字，叫醒了自己。"醒来天欲暮"一行在括弧里，表明是另一人也就是末行那"友人"。插在第四六两行间，见出自己直睡到"天欲暮"，而风景片中也正好像"欲暮"的"天"，这样梦与真实便融成一片；再说这一行是就醒了的缘由，插在此处，所谓蛛丝马迹。醒时是五点钟，要下雪似的，还是和梦中景色，也就是远人寄来的风景片一样。这篇诗是零乱的诗境，可又是一个复杂的有机体，将时间空间的远距离用联想组织在短短的午梦和小小的篇幅里。这是一种解放，一种自由，同时又是一种情思的操练，是艺术给我们的。

（二十五年）

诗与感觉

诗也许比别的文艺形式更依靠想象；所谓远，所谓深，所谓近，所谓妙，都是就想象的范围和程度而言。想象的素材是感觉，怎样玲珑飘渺的空中楼阁都建筑在感觉上。感觉人人有，可是或敏锐，或迟钝，因而有精粗之别。而各个感觉间交互错综的关系，千变万化，不容易把捉，这些往往是稍纵即逝的。偶尔把捉着了，要将这些组织起来，成功一种可以给人看的样式，又得有一番工夫，一副本领。这里所谓可以给人看的样式便是诗。

从这个立场看新诗，初期的作者似乎只在大自然和人生的悲剧里去寻找诗的感觉。大自然和人生的悲剧是诗的丰富的泉源，而且一向如此，传统如此。这些是无尽宝藏，只要眼明手快，随时可以得到新东西。但是花和光固然是诗，花和光以外也还有诗，那阴暗，潮湿，甚至霉腐的角落儿上，正有着许多未发现的诗。实际的爱固然是诗，假设的爱也是诗。山水田野里固然有诗，灯红酒酽里固然有诗，任一些颜色，一些声音，一些香气，一些味觉，一些触觉，也都可以有诗。惊心怵目的生活里固然有诗，平淡的日常生活里也有诗。发现这些未发现的诗，第一步得靠敏锐的感觉，诗人的触角得穿透熟悉的表面向未经人到的底里去。那儿有的是新鲜的东西。闻一多、徐志摩、李金发、姚蓬子、冯乃超、戴望舒各位先生都曾分别向这方面努力。而卞之琳、冯至两位先生更专向这方面发展；他们走得更远些。

假如我们说冯先生是在平淡的日常生活里发现了诗，我们可以说卞先生是在微细的琐屑的事物里发现了诗。他的《十年诗草》里处处都是例子，但这里只能举一两首。

淘气的孩子，有办法：
叫游鱼啮你的素足，
叫黄鹂啄你的指甲，
野蔷薇牵你的衣角……

白蝴蝶最懂色香味，
寻访你午睡的口脂。
我窥候你渴饮泉水，
取笑你吻了你自己。

我这八阵图好不好？
你笑笑，可有点不妙，

我知道你还有花样！

哈哈！到底算谁胜利？
你在我对面的墙上
写下了"我真是淘气"。

（《淘气》，《装饰集》）

这是十四行诗。三四段里活泼的调子。这变换了一般十四行诗的严肃，却有它的新鲜处。这是情诗，蕴藏在"淘气"这件微琐的事里。游鱼的啮，黄鹂的啄，野蔷薇的牵，白蝴蝶的寻访，"你吻了你自己"，便是所谓"八阵图"；而游鱼，黄鹂，野蔷薇，白蝴蝶都是"我""叫"它们去做这样那样的，"你吻了你自己"，也是"我"在"窥候"着的，"我这八阵图"便是治"淘气的孩子"——"你"——的"办法"了。那"啮"，那"啄"，那"牵"，那"寻访"，甚至于那"吻"，都是那"我"有意安排的，那"我"其实在分享着这些感觉。陶渊明《闲情赋》里道：

愿在丝而为履，附素足以周旋；
悲行止之有节，空委弃于床前。
愿在昼而为影，常依形而西东；
悲高树之多阴，慨有时而不同。

感觉也够敏锐的。那亲近的愿心其实跟本诗一样，不过一个来得迫切，一个来得从容罢了。"你吻了你自己"也就是"你的影子吻了你"；游鱼、黄鹂、野蔷薇、白蝴蝶也都是那"你"的影子。凭着从游鱼等等得到的感觉去想象"你"；或从"你"得到的感觉叫"我"想象游鱼等等；而"我"又"叫"游鱼等等去做这个那个，"我"便也分享这个、那个。这已经是高度的交互错综，而"我"还分享着"淘气"。"你""写下了""我真是淘气"，是"你""真是淘气"，可是"我对面"读这句话，便成了"'我'真的淘气"了。那治"淘气的孩子"——"你"——的"八阵图"，到底也治了"我"自己。"到底算谁胜利?"瞧"我"为了"你"这么颠颠倒倒的！这一个回环复沓不是钟摆似的来往，而是螺旋似的钻进人心里。

《白螺壳》诗（《装饰集》）里的"你""我"也是交互错综的一例。

空灵的白螺壳，你，

孔眼里不留纤尘，

漏到了我的手里，

却有一千种感情：

掌心里波涛汹涌，

我感叹你的神工，

你的慧心啊，大海，

你细到可以穿珠！

可是我也禁不住：

你这个洁癖啊，唉！

（第一段）

玲珑，白螺壳，我？

大海送我到海滩，

万一落到人掌握，

愿得原始人喜欢，

换一只山羊还差

三十分之二十八；

倒是值一只蟠桃。

怕给多思者捡起，

空灵的白螺壳，你

卷起了我的愁潮！

（第三段）

这是理想的人生（爱情也在其中），蕴藏在一个微琐的白螺壳里。"空灵的白螺壳""却有一千种感情"，象征着那理想的人生——"你"。"你的神工"，"你的慧心"的"你"是"大海"，"你细到可以穿珠"的"你"又是"慧心"；而这些又同时就是那"你"。"我？""大海送我到海滩"的"我"，是代白螺壳自称，还是那"你"。最愿老是在海滩上；"万一落到人掌握"，也只"愿得原始人喜欢"，因为自己一点用处没有——换山羊不成，"值一只蟠桃"，只是说一点用处没有。原始人有那股劲儿，不让现实纠缠着，所以不在乎这个。只"怕给多思者捡起"，怕落到那"我的手里"。可是那"多思者"的"我""捡起"来了，于是乎只有叹息："你卷起了我的愁潮！""愁潮"是现实和理想的冲突；而"潮"原是属于"大海"的。

请看这一湖烟雨

水一样把我浸透，

像浸透一片鸟羽。

我仿佛一所小楼

风穿过，柳絮穿过，

燕子穿过像穿梭，

楼中也许有珍本，

书叶给银鱼穿织，

从爱字通到哀字！

出脱空华不就成！

（第二段）

我梦见你的阑珊：

檐溜滴穿的石阶，

绳子锯缺的井栏……

时间磨透于忍耐！

黄色还诸小鸡雏，

青色还诸小碧梧，

玫瑰色还诸玫瑰，

可是你回顾道旁，

柔嫩的蔷薇刺上

还挂着你的宿泪。

　　　　（第四段完）

　　从"波涛汹涌"的"大海"想到"一湖烟雨"，太容易"浸透"的是那"一片鸟羽"。从"一湖烟雨"想到"一所小楼"，从"穿珠"想到"风穿过，柳絮穿过，燕子穿过像穿梭"，以及"书叶给银鱼穿织"；而"珍本"又是从藏书楼想到的。"从爱字通到哀字"，"一片鸟羽"也罢，"一所小楼"也罢，"楼中也许有"的"珍本"也罢，"出脱空华（花）"，一场春梦！虽然"时间磨透了忍耐"，还只"梦见你的阑珊"。于是"黄色还诸小鸡雏……"，"你"是"你"，现实是现实，一切还是一切。可是"柔嫩的蔷薇刺上"带着宿雨，那是"你的宿泪"。"你""有一千种感情"，只落得一副眼泪；这又有什么用呢？那"宿泪"终于会干枯。这首诗和前一首都不显示从感觉生想象的痕迹，看去只是想象中一些感觉，安排成功复杂的样式。——"黄色还诸小鸡雏"等三行可以和冯至先生的

铜炉在向往深山的矿苗，

瓷壶在向往江边的陶泥，

它们都像风雨中的飞鸟

各自东西。

　　　　　　（《十四行集》，二一）

对照着看，很有意思。

《白螺壳》诗共四段，第段十行，每行一个单音节，三个双音节，共四个音节。这和前一首都是所谓"匀称""均齐"的形式，卞先生是最努力创造并输入诗的形式的人，《十年诗草》里存着的自由诗很少，大部分是种种形式的试验，他的试验可以说是成功的。他的自由诗也写得紧凑，不太参差，也见出感觉的敏锐来，《距离的组织》便是一例。他的《三秋草》里还有一首《过路居》，描写北平一间人力车夫的茶馆，也是自由诗，那些短而精悍的诗行由会话组成，见出平淡的生活里蕴藏着的悲喜剧。那是近乎人道主义的诗。

（三十二年）

诗与哲理

　　新诗的初期，说理是主调之一。新诗的开创人胡适之先生就提倡以诗说理，《尝试集》里说理诗似乎不少。俞平伯先生也爱在诗里说理；胡先生评他的诗，说他想兼差作哲学家。郭沫若先生歌颂大爱。歌颂"动的精神"，也带哲学的意味；不过他的强烈的情感能够将理融化在他的笔下，是他的独到处。那时似乎只有康白情先生是个比较纯粹的抒情诗人。一般青年以诗说理的也不少，大概不出胡先生和郭先生的型式。

　　那时是个解放的时代。解放从思想起头，人人对于一切传统都有意见，都爱议论，作文如此，作诗也如此。他们关心人生，大自然，以及被损害的人。关心人生，便阐发自我的价值；关心大自然，便阐发泛神论；关心被损害的人，便阐以人道主义。泛神论似乎只见于诗；别的两项，诗文是一致的。但是文的表现是抽象的，诗的表现似乎应该和文不一样。胡先生指出诗应该是具体的。他在《谈新诗》里举了些例子，说只是抽象的议论，是文不是诗。当时在诗里发议论的确是不少，差不多成了风气。胡先生所提倡的"具体的写法"固然指出一条好路。可是他的诗里所用具体的譬喻似乎太明白，譬喻和理分成两橛，不能打成一片；因此，缺乏暗示的力量，看起来好像是为了那理硬找一套譬喻配上去似的。别的作者也多不免如此。

民国十四年以来，诗才专向抒情方面发展。那里面"理想的爱情"的主题，在中国诗实在是个新的创造；可是对于一般读者不免生疏些。一般读者容易了解经验的爱情，理想的爱情要沉思，不耐沉思的人不免隔一层。后来诗又在感觉方面发展，以敏锐的感觉为抒情的骨子，一般读者只在常识里兜圈子，更不免有隔雾看花之憾。抗战以后的诗又回到议论和具体的譬喻，也不是没有理由的。当然，这时代诗里的议论比较精切，譬喻也比较浑融，比较二十年前进步了；不过趋势还是大体相同的。

另一方面，也有从敏锐的感觉出发，在日常的境界里体味出精微的哲理的诗人。在日常的境界里体味哲理，比从大自然体味哲理更进一步。因为日常的境界太为人们所熟悉了，也太琐屑了，它们的意义容易被忽略过去；只有具着敏锐的手眼的诗人才能把捉得住这些。这种体味和大自然的体味并无优劣之分，但确乎是进了一步。我心里想着的是冯至先生的《十四行集》。这是冯先生去年一年中的诗，全用十四行体，就是商籁体，写成。十四行是外国诗体，从前总觉得这诗体太严密，恐怕不适于中国语言。但近年读了些十四行，觉得似乎已经渐渐圆熟；这诗体还是值得尝试的。冯先生的集子里，生硬的诗行便很少；但更引起我注意的还是他诗里耐人沉思的理，和情景融成一片的理。

　　这里举两首作例。

> 我们常常度过一个亲密的夜
>
> 在一间生疏的房里，它白昼时
>
> 是什么模样，我们都无从认识，
>
> 更不必说它的过去未来。原野
>
> 一望无边地在我们窗外展开
>
> 我们只依稀地记得在黄昏时
>
> 来的道路，便算是对它的认识，
>
> 明天走后，我们也不再回来。
>
> 闭上眼罢！让那些亲密的夜
>
> 和生疏的地方织在我们心里：
>
> 我们的生命像那窗外的原野，
>
>
>
> 我们在朦胧的原野上认出来
>
> 一棵树，一闪湖光；它一望无际
>
> 藏着忘却的过去，隐约的将来。

（一八）

旅店的一夜是平常的境界。可是亲密的，生疏的，"织在我们心里"。房间有它的过去未来，我们不知道。"来的道路"是过去，只记得一点儿；"明天走"是未来，又能知道多少？我们的生命像那"一望无边的""朦胧的"原野,"忘却的过去""隐约的将来",谁能"认识"得清楚呢?——但人生的值得玩味,也就在这里。

> 我们听着狂风里的暴雨
>
> 我们在灯光下这样孤单,
>
> 我们在这小小的茅屋里
>
> 就是和我们用具的中间
>
> 也生了千里万里的距离:
>
> 铜炉在向往深山的矿苗,
>
> 瓷壶在向往江边的陶泥,
>
> 它们都像风雨中的飞鸟
>
> 各自东西。我们紧紧抱住,
>
> 好像自身也都不能自主。
>
> 狂风把一切都吹入高空
>
> 暴雨把一切又淋入泥土。
>
> 只剩下这点微弱的灯红
>
> 在证实我们的生命的暂住。
>
> (二一)

茅屋里风雨的晚上也只是平常的境界。可是自然的狂暴映衬出人们的孤单和微弱；极平常的用具铜炉和瓷壶，也都"向往"它们的老家，"像风雨中的飞鸟，各自东西"。这样"孤单"，却是由敏锐的感觉体味出来的，得从沉思里去领略——不然，恐怕只会觉得怪诞罢。闻一多先生说我们的新诗好像尽是些青年，也得有一些中年才好。

冯先生这一集大概可以算是中年了。

（三十二年）

诗与幽默

旧诗里向不缺少幽默。南宋黄彻《碧溪诗话》云：

> 子建称孔北海文章多杂以嘲戏；子美亦"戏效俳谐体"，退之亦有"寄诗杂诙俳"，不独文举为然。自东方生而下，祢处士、张长史、颜延年辈往往多滑稽语。大体材力豪迈有余而用之不尽，自然如此。……坡集类此不可胜数。《寄蕲簟与蒲传正》云，"东坡病叟长羁旅，冻卧饥吟似饥鼠。倚赖东风洗破衾，一夜雪寒披故絮"。《黄州》云，"自惭无补丝毫事，尚费官家压酒囊"。《将之湖州》云，"吴儿脍缕薄欲飞，未去先说馋涎垂"。又"寻花不论命，爱雪长忍冻"，"天公非不怜，听饱即喧哄"。……皆斡旋其章而弄之，信恢刃有余，与血指汗颜者异矣。

这里所谓滑稽语就是幽默。近来读到张骏祥先生《喜剧的导演》一文（《学术季刊》文哲号），其中论幽默很简明："幽默既须理知，亦须情感。幽默对于所笑的人，不是绝对的无情；反之，如西万提斯之于吉诃德先生，实在含有无限的同情。因为说到底，幽默所笑的不是第三者，而是我们自己。……幽默是温和的好意的笑。"黄彻举的东坡诗句，都在嘲弄自己，正是幽默的例子。

新文学的小说、散文、戏剧各项作品里也不缺少幽默，不论是会话体与否；会话体也许更便于幽默些。只诗里幽默却不多。我想这大概有两个缘由。一是一般将诗看得太严重了，不敢幽默，怕亵渎了诗的女神。二是小说、散文、戏剧的语言虽然需要创造，却还有些旧白话文，多少可以凭借；只有诗的语言得整个儿从头创造起来。诗作者的才力集中在这上头，也就不容易有余暇创造幽默。这一层只要诗的新语言的传统建立的起来，自然会改变的。新诗已经有了二十多年的历史，看现在的作品，这个传统建立的时间大概快到了。至于第一层，将诗看得那么严重，倒将它看窄了。诗只是人生的一种表现和批评；同时也是一种语言，不过是精神的语言。人生里短不了幽默，语言里短不了幽默，诗里也该不短幽默，才是自然之理。黄彻指出的情形，正是诗的自然现象。

新诗里纯粹的幽默的例子，我只能举出闻一多先生的《闻一多先生的书桌》一首：

忽然一切的静物都讲话了，

忽然书桌不怨声腾沸：

墨盒呻吟道"我渴得要死！"

　　字典喊雨水渍湿了他的背；

信笺忙叫道弯痛了他的腰；

　　钢笔说烟灰闭塞了他的嘴，

毛笔讲火柴燃秃了他的须，

　　铅笔抱怨牙刷压了他的腿；

香炉咕喽着"这些野蛮的书

　　早晚定规要把你挤倒了！"

大钢表叹息快睡锈了骨头；

　　"风来了！风来了！"稿子都叫了；

笔洗说他分明是盛水的，

　　怎么吃得惯臭辣的雪茄灰；

桌子怨一年洗不上两回澡，

　　墨水壶说"我两天给你洗一回"。

"什么主人？谁是我们的主人？"

　　一切的静物都同声骂道。

"生活若果是这般的狼狈，

　　倒还不如没有生活的好！"

主人咬着烟斗迷迷地笑，

"一切的众生应该各安其位。

我何曾有意的糟蹋你们，

秩序不在我的能力之内"。

《死水》

这里将静物拟人，而且使书桌上的这些静物"都讲话"：有的是直接的话，有的是间接的话，互相映衬着。这够热闹的。而不止一次的矛盾的对照更引人笑。烟盒"渴得要死"，字典却让雨水湿了背；笔洗不盛水，偏吃雪茄灰；桌子怨"一年洗不上两回澡"，墨水壶却偏说两天就给他洗一回。"书桌上怨声腾沸"，"一切的静物都同声骂"，主人却偏"迷迷地笑"；他说"一切的众生应该各安其位"，可又缩回去说"秩序不在我的能力之内"。这些都是矛盾的存在，而最后一个矛盾更是全诗的极峰。热闹，好笑，主人嘲弄自己，是的；可是"一切的众生应该各安其位"，见出他的抱负，他的身分——他不是一个小丑。

俞平伯先生的《忆》，都是追忆儿时心理的诗。亏他居然能和成年的自己隔离，回到儿时去。这里面有好些幽默。我选出两首：

有了两个橘子，

一个是我底，

一个是我姊姊底。

把有麻子的给了我，

把光脸的她自有了。

"弟弟你底好,

绣花的呢?"

真不错!

好橘子,我吃了你罢。

真正是个好橘子啊!

(第一)

亮汪汪的两根灯草的油盏,

摊开一本《礼记》,

且当它山歌般的唱。

乍听间壁又是说又是笑的,

"她来了罢?"

《礼记》中尽是些她了。

"娘,我书已读熟了。"

(第二十二)

这里也是矛盾的和谐。第一首中"有麻子的"却变成"绣花的";"绣花的"的"好"是看的"好","好橘子"和"好橘子"的"好"却是可吃的"好"和吃了的"好"。次一首中《礼记》却"当它山歌般唱",而且后来"《礼记》中尽是些她了";"当它山歌般唱"，却说"娘，我书已读熟了"。笑就蕴藏在这些别人的，自己的，别人和自己的矛盾里。但儿童自己觉得这些只是自然而然，矛盾是从成人的眼中看出的。所以更重要的，笑是蕴藏在儿童和成人的矛盾里。这种幽默是将儿童（儿时的自己和别的儿童）当作笑的对象，跟一般的幽默不一样；但不失为健康的。《忆》里的诗都用简短的口语，儿童的话原是如此，成人却更容易从这种口语里找出幽默来。

用口语或会话写成的幽默的诗，还可举出赵元任先生贺胡适之先生四十生日的一首；

适之说不要过生日，

　生日偏又到了。

我们一般爱起哄的，

　又来跟你闹了。

今年你有四十岁了都，

　我们有的要叫你老前辈了都；

天天听见你提倡这样，提倡那样，

　觉得你真有点儿对了都！

你是提倡物质文明的咯，

　所以我们就来吃你的面；

你是提倡整理国故的咯，

　所以我们都进了研究院；

> 你是提倡白话诗人的咯，
>
> 所以我们就啰啰唆唆写上了一大片。
>
> 我们且别说带笑带吵的话，
>
> 我们且别说胡闹胡稿的话，
>
> 我们并不会说很巧妙的话，
>
> 我们更不会说"倚少卖老"的话；
>
> 但说些祝颂你们健康的话——
>
> 就是送给你们一家子大大小小的话。
>
> （《北平晨报》，十九，十二，十八）

全诗用的是纯粹的会话；像"都"字（读音像"兜"字）的三行只在会话里有（"今年你有四十岁了都"就是"今年你都有四十岁了"，余类推）。头二段是仿胡先生的"了"字韵，头两行又是仿胡先生的

> 我本不要儿子，
>
> 儿子自来了。

那两行诗。三四段的"多字韵"（胡先生称为"长脚韵"）也可以说"了"字韵的引伸。因为后者是前者的一例。全诗的游戏味也许重些，但说的都是正经话，不至于成为过分夸张的打油诗。胡先生在《尝试集》自序里引过他自己的白话游戏诗，说

"虽是游戏诗，也有几段庄重的议论"；赵先生的诗，虽带游戏味，意思却很庄重，所以不是游戏诗。

赵先生是长于滑稽的人，他的《国语留声机片课本》，《国音新诗韵》，还有翻译的《阿丽斯漫游奇境记》，都可以看见出。张骏祥先生文中说滑稽可分为有意的和无意的两类，幽默属于前者。赵先生似乎更长于后者，《奇境记》真不愧为"魂译"（丁西林先生评语，见《现代评论》）。记得《新诗韵》里有一个"多字韵"的例子：

你看见十个和尚没有？

他们坐在破锣上没有？

无意义，却不缺少趣味。无意的滑稽也是人生的一面，语言的一端，歌谣里最多，特别是儿歌里。——歌谣里幽默却很少，有的是诙谐和讽刺。这两项也属于有意的滑稽。张先生文中说我们通常所谓话说得俏皮，大概就指诙谐。"诙谐是个无情的东西"，"多半伤人；因为诙谐所引起的笑，其对象不是说者而是第三者"。讽刺是"冷酷，毫不留情面"，"不只挞伐个人，有时也攻击社会"。我们很容易想起许多嘲笑残废的歌谣和"娶了媳妇忘了娘"一类的歌谣，这便是歌谣里诙谐和讽刺多的证据。

（三十二年）

抗战与诗

抗战以来的新诗，我读的不多。前些日子从朋友处借了些来看，并见到了《文艺月刊》七月号里的《四年来的新诗》一篇论文（论文题目大概如此，作者的名字已经记不起了），自己也有些意见。现在写在这里。

抗战以来的新诗的一个趋势，似乎是散文化。抗战以前新诗的发展可以说是从散文化逐渐走向纯诗化的路。为方便起见，用我在《新文学大系诗集·导言》里假定的名称来说明。自由诗派注重写景和说理，而一般的写景又只是铺叙而止，加上自由的形式，诗里的散文成分实在很多。格律诗派才注重抒情，而且是理想的抒情，不是写实的抒情。他们又努力创造"新格式"；他们的诗要有"音乐的美"、"绘画的美"和"建筑的美"——诗行是整齐的。象征诗派倒不在乎格式，只要"表现一切"；他们虽用文字，却朦胧了文字的意义，用暗示来表现情调。后来卞之琳先生、何其芳先生虽然以敏锐的感觉为题材，又不相同，但是借暗示表现情调，却可以说是一致的。从格律诗以后，诗以抒情为主，回到了它的老家。从象征诗以后，诗只是抒情，纯粹的抒情，可以说钻进了它的老家。可是这个时代是个散文的时代，中国如此，世界也如此。诗钻进了老家，访问的就少了。抗战以来的诗又走到了散文化的路上，也是自然的。

从新诗开始的时候起，多少作者都在努力发现或创造新形式，足以替代五七言和词曲那些旧形式的。这种努力从胡适之先生所谓"自然的音节"起手。胡先生教人注意诗篇里词句的组织和安排，要达到"自然的和谐"的地步。他自己虽还不能摆脱旧诗词曲的腔调，但一般青年作者却都在试验白话的音节。一般新诗的形式确不是五七言诗，不是词曲，不是歌谣，而已是不成形式的新形式了。这就渐渐进展到格律诗。格律运动虽然当时好像失败了，但它的势力潜存着，延续着。象征诗开始时用自由的形式，可是后来也就多用格律了。

抗战以来的诗，注重明白晓畅，暂时偏向自由的形式。这是为了诉诸大众，为了诗的普及。抗战以来，一切文艺形式为了配合抗战的需要，都朝普及的方向走，诗作者也就从象牙塔里走上十字街头。他们可也用格律；就是用自由的形式，一般诗行也比自由诗派来得整齐些。他们的新的努力是在组织和词句方面容纳了许多散文成分。艾青先生和臧克家先生的长诗最容易见出。就连卞之琳先生的《慰劳信集》，何其芳先生的近诗，也都表示这种倾向。这时代诗里的散文成分是有意为之，不像初期自由诗派的只是自然的趋势。而这时代的诗采用的散文成分比自由诗派的似乎规模还要大些。这也可以说是民间化的趋势。抗战以来文坛上对于利用民间旧形式有过热烈的讨论。整个儿利用似乎已经证明不成，但是民间化这个意念却发生了很广大的影响。民间化自然得注重明白和流畅，散文化是必然的。而朗诵诗的提倡更是诗的散文化的一个显著的节目。不过话说回来，民间形式暗示格律的需要，朗诵诗虽在散文化，但为了便于朗诵，也多少需要格律。所以散文化民间化同时还促进了格律的发展。这正是所谓矛盾的发展。

诗的民间化还有两个现象。一是复沓多，二是铺叙多。复沓是歌谣的生命。歌谣的组织整个儿靠复沓，韵并不是必然的。歌谣的单纯就建筑在复沓上，现在的诗多用复沓，却只取其接近歌谣，取其是民间熟悉的表现法，因而可以教诗和大众接近些。还有，散文化的诗里用了重叠，便散中有整，也是一种调剂的技巧。详尽的铺叙是民间文艺里常见的，为的是明白易解而能引起大众的注意。简短的含蓄的写出，是难于诉诸大众的。现在的诗着意铺叙的，可以举柯仲平先生《平汉铁路工人破坏大队的产生》和老舍先生的《剑北篇》做例子。柯先生铺叙故事的节目，老舍先生铺叙景物的节目，可是他们有意在使诗民间化是一样的。《剑北篇》试用大鼓调，更为显然。因为民间化，这两篇长诗都有着整齐的形式。

抗战以来的新诗的另一个趋势是胜利的展望。这是全民族的情绪，诗以这个情绪为表现的中心，也是当然的，但是诗作者直接描写前线描写战争的却似乎很少。像《慰劳信集》里

《蒋委员长》等诗表现领袖的伟大的精神的也不多。一般诗作者描写抗战，大都从侧面着笔。如我军的英勇，敌伪的懦怯或残暴，都从士兵或民众的口中叙出。这大概是经验使然。一般诗作者所熟悉的，努力的，是在大众的发现的内地的发现。他们发现大众的力量的强大，是我们抗战建国的基础。他们发现内地的广博和美丽，增强我们的爱国心和自信心。像艾青先生的《火把》和《向太阳》，可以代表前者，臧克家先生的《东线归来》以及《淮上吟》，可以代表后者。《剑北篇》也属于后者。

《火把》跟《向太阳》的写法不同。如一位朋友所说，艾青先生有时还用象征的表现，《向太阳》就是的。《火把》却近乎铺叙了。这篇诗描写火把游行，正是大众的力量的表现，而以恋爱的故事结尾，在结构上也许欠匀称些。可是指示私生活的公众化一个倾向，而又不至于公式化，却是值得特别注意的。臧先生在创造新鲜的隐喻上见出他的本领，但是纪行体的诗有时不免散漫，《淮上吟》似乎就如此。《剑北篇》的铺叙也许有人会觉得太零碎些，逐行用韵也许有人会觉得太铿锵些。但我曾请老舍先生自己朗读给我听，他只按语气的自然节奏读下去，并不重读韵脚。这也就觉得能够联贯一气，不让韵隔成一小片儿一小段儿的了。可见诗的朗读确是很重要的。

（三十年）

诗与建国

一九二九年《诗人宝库》（*Poet Lore*）杂志第四十卷中有金赫罗（Harold King）一文，题目是《现代史诗——一个悬想》。他说史诗体久已死去，弥尔顿和史班塞想恢复它，前者勉强有些成就，后者却无所成。史诗的死去，有人说是文明不同的缘故，现在已经不是英雄时代，一般人对于制造神话也已不发生兴趣了。真的，我们已经渐渐不注重个人英雄而注重群体了。如上次大战，得名的往往是某队士兵，而不是他们的将领。但像林肯、俾士麦、拿破仑等人，确是出群之才，现代也还有列宁，这等人也还有人给他们制造神话。我们说这些人是天才，不是英雄。现代的英雄是制度而不是人。还有，有些以人为英雄的，主张英雄须代表文明，破坏者、革命者不算英雄。不过现代人复杂而变化，所谓人的英雄，势难归纳在一种类型里。史诗要的是简约的类型，没有简约的类型就不成其为史诗。照金氏的看法，群体才是真英雄，歌咏群体英雄的便是现代的史诗。所谓群体又有两类。一类是已经成就而无生长的，如火车站，这不足供史诗歌咏。足供史诗歌咏的，是还未成就，还在生长的群体——制度；金氏以为工厂和银行是合适的。他又说现代生活太复杂了，韵文恐怕不够用，现代史诗体将是近于散文的。散文久经应用，变化繁多，可以补救韵文的短处。但是史诗该有那种质朴的味道，宜简不宜繁；只要举大端，不必叙细节。按这个标准看，电影表现现代生活，直截爽快，不铺张，也许比小说还近于史诗些。金氏又举纽约最繁华的第五街中夜的景象，说那也是"现代史诗"的一例。

直到现在，金氏所谓"现代史诗"，还只是"一个悬想"，但不失为一个有趣的悬想；而照现代工商业的加速的大规模的发展，这也未必不是一个可能实现的悬想。不必远求，我们的新诗里就有具体而微的，这种表现现代生活的诗。我们可以举孙大雨先生的《纽约城》：

纽约城纽约城纽约城

白天在阳光里叠一层又叠一层

入夜来点得千千万万盏灯

无数的车轮无数的车轮

卷过石青的大道早一阵晚一阵

那地道里那高架上的不是潮声

打雷却没有这般律吕这般匀整

不论晴天雨天清早黄昏

永远是无休无止的进行

有千斤的大铁锤令出如神

有锁天的巨练有银铛的铁辊

辘轳盘着辘轳摩达赶着引擎

电火在铜器上没命的飞—飞—飞奔

有时候魔鬼要卖弄他险恶的灵魂

在那塔尖上挂起青青的烟雾一层

（《朝报》副刊，《辰星》第三期，十七年十月二日）

这里写的虽然不是那第五街的中夜，但纽约城全体足以作现代的英雄而为"现代史诗"的一例，是无疑的。这首短诗正可当"现代史诗"的一个雏形看。

我们现在在抗战，同时也在建国；建国的主要目标是现代化，也就是工业化。目前我们已经有许多制度，许多群体日在成长中。各种各样规模不等的工厂散布在大后方，都是抗战后新建设的——其中一部分是从长江下游迁来的，但也经过一番重新建设，才能工作。其次是许多工程艰巨的公路，都在短期中通车；而滇缅公路的工程和贡献更大。而我们的新铁路，我们的新火车站，也在生长，距离成就还有日子。其次是都市建设，最显明的例子是我们的陪都重庆；市区的展拓，几次大轰炸后市容的重整，防空洞的挖造，都是有计划的。这些制度，这些群体，正是我们现代的英雄。我们可以想到，抗战胜利后，我们这种群体的英雄会更多，也更伟大。这些英雄值得诗人歌咏，相信将来会有歌咏这种英雄的中国"现代史诗"出现。不过现在注意这方面的诗人还少。他们集中力量在歌咏抗战，试写长诗，叙事诗，也就是史诗的，倒不少，都只限在抗战有关的题材上。建国的成绩似乎还没有能够吸引诗人的注意，虽然他们也会相信"建国必成"。但现在是时候了，我们迫切的需要建国的歌手。我们需要促进中国现代化的诗。有了歌咏现代化的诗，便表示我们一般生活也在现代化；那么，现代化才是一个谐和，才可加速的进展。另一方面，我们也需要中国诗的现代化，新诗的现代化；这将使新诗更富厚些。"现代史诗"一时也许不容易成熟，但是该有一些有人努力向这方面做栽培的工作。

有一位朋友指给我一首诗，至少可以表示已经有人向这方面努力着；这是个好消息，他指给我的是杜运燮先生的《滇缅公路》，上文曾提到这条路的工程和贡献的伟大，它实在需要也值得一篇"现代史诗"；但是现在还只有这首短歌。这首诗就全体而论，也许还可以紧凑些，诗行也许长些，参差些。现在先将中间一段（原不分段）钞在这里：

> 看它，风一样有力，航过绿色的田野，
>
> 蛇一样轻灵，从茂密的草木间
>
> 盘上高山的背脊，飘行在云流中，
>
> 而又鹰一般敏捷，画几个优美的圆弧
>
> 降落下箕形的溪谷，倾听村落里
>
> 安息前欢愉的匆促轻烟的朦胧中，

溢着亲密的呼唤，人性的温暖；

有些更懒散，沿着水流缓缓走向城市，

而就在粗糙的寒夜里，荒冷

而空洞，也一样负着全民族的

食粮，载重车的黄眼满山搜索，

搜索着跑向人民的渴望；

沉重的橡皮轮不绝滚动着

人民兴奋的脉搏，每一块石子

一样觉得为胜利尽忠而骄傲：

微笑了，在满足的微笑着的星月下面，

微笑了，在豪华的凯旋日子的好梦里。

这里不缺少"诗素"，不缺少"温暖"，不缺少爱国心。

说到工程和贡献，诗里道：

……你们该起来歌颂：就是他们，

（营养不足，半裸体，挣扎在死亡的边沿）

就是他们，冒着饥寒与疟蚊的袭击，

每天不让太阳占先，从匆促搭盖的

土穴草窠里出来，挥动起原始的

锹锤，不惜仅有的血汗，一厘一分地

为民族争取平坦，争取自由的呼吸。

而路呢，

> 看，那就是，那就是他们不朽的化身：
> 穿过高寿的森林，经过万千年风霜
> 与期待的山岭，蛮横如野兽的激流，
> 以及神秘如地狱的疟蚊的大本营……
> 就用勇敢而善良的血汗与忍耐
> 穿过一切阻挡，走出来，走出来，
> 给战斗疲倦的中国送鲜美的海风，
> 送热烈的鼓励，送血，送一切，于是
> 这坚强的民族更英勇，开始欢笑：
> "我起来了，我起来了，我已经自由！"

这里表现忍耐的勇敢，真切的欢乐，表现我们"全民族"。

但便"该起来歌颂"的也许是：

> 滇缅公路得万物朝气的鼓励，
> 狂欢地引负远方来的货物，
> 上峰顶看雾，看山坡上的日出。
> 修路工人在露草上打欠伸，"好早啊！"
> 早啊，好早啊，路上的尘土还没有
> 大群地起来追逐，辛勤的农夫
> 因为太疲劳，肌肉还需要松驰，

牧羊的小童正在纯洁的忘却中。

城里人还在重复他们枯燥的旧梦，

而它，就引着成群的各种形状的影子

在荒废多年的森林草丛间飞奔：

一切在飞奔，不准许任何人停留啊！

远方的星球被转下地平线，

拥挤着房屋的城市已到面前，

可是它，不能停，还要走，还要走，

整个民族在等待，需要它的负载。

（《文聚》，一卷一期）

"不能停"好像指"载重车"似的，说的是"路"，"不许停"或者清楚些。

爱国诗

死去元知万事空，但悲不见九州同。

王师北定中原日，家祭无忘告乃翁！

  这是南宋爱国诗人陆放翁（游）临终"示儿"的诗，直到现在还传诵着。读过法国都德的《柏林之围》的人，会想到陆放翁和那朱屋大佐分享着同样悲惨的命运；可是他们也分享着同样爱国的热诚。我说"同样"，是有特殊意义的。原来我们的爱国诗并不算少，汪静之先生的《爱国诗选》便是明证；但我们读了那些诗，大概不会想到朱屋大佐身上去。这些诗大概不外乎三个项目。一是忠于一朝，也就是忠于一姓。其次是歌咏那勇敢杀敌的将士。其次是对异族的同雠。所谓"非我族类，其心必异"。第二项可能只是一姓的忠良，也可能是"执干戈以卫社稷"的"国殇"。说"社稷"便是民重君轻，跟效忠一姓的不一样。《楚辞》的《国殇》所以特别教人注意，至少一半为了这个道理。第三项以民族为立场，范围便更广大。现在的选家选录爱国诗，特别注意这一种，所谓民族诗。社稷和民族两个意念凑合起来，多少近于我们现在所说的"国家"，但"理想的完整性"还不足；若说是"爱国"，"理想的完美性"更不足。顾亭林第一个说出"天下兴亡，匹夫有责"这警句，提示了一个理想的完整的国家，确是他的伟大处。放翁还不能有这样明白的意念，但他的许多诗，尤其这首《示儿》诗里，确已多少表现了"国家至上"的理想；所以我们才会想到具有近代国家意念的朱屋大佐身上去。

放翁虽做过官，他的爱国热诚却不仅为了赵家一姓。他曾在西北从军，加强了他的敌忾，为了民族，为了社稷，他永怀着恢复中原的壮志。这种壮志常常表现在他的梦里，他用诗来描画这些梦。这些梦有些也许只是昼梦，睁着眼做梦，但可见他念兹在兹，可见他怎样将满腔的爱国热诚理想化。《示儿》诗是临终之作，不说到别的，只说"北定中原"，正是他的专一处。这种诗只是对儿子说话，不是甚么遗疏遗表的，用不着装腔作势，他尽可以说些别的体己的话；可是他只说这个，他正以为这是最体己的话。诗里说"元知万事空"，万事都搁得下；"但悲不见九州同"，只这一件搁不下。他虽说"死去"，虽然"'不见'九州同"，可是相信"王师"终有"北定中原日"，所以叮嘱他儿子"家祭无忘告乃翁！"教儿子"无忘"，正见自己的念念不"忘"。这是他的爱国热诚的理想化，这理想便是我们现在说的"国家至上"的信念的雏形，在这情形下，放翁和朱屋大佐可以说是"同样"的。过去的诗人里，也许只有他才配称为爱国诗人。

辛亥革命传播了近代的国家意念，五四运动加强了这意念。可是我们跑得太快了，超越了国家，跨上了世界主义的路。诗人是领着大家走的，当然更是如此。这是发现个人发现自我的时代。自我力求扩大，一面向着大自然，一面向着全人类；国家是太狭隘了，对于一个是他自己的人。于是乎新诗诉诸人道主义，诉诸泛神论，诉诸爱与死，诉诸颓废的和敏锐的感觉——只除了国家。这当然还有错综而层折的因缘，此处无法详论。但是也有例外，如康白情先生《别少年中国》，郭沫若先生《炉中煤（眷念祖国的情绪）》等诗便是的。我们愿意特别举出闻一多先生；抗战以前，他差不多是唯一有意大声歌咏爱国的诗人。他歌咏爱国的诗有十首左右；《死水》里收了四首。且先看他的《一个观念》：

> 你隽永的神秘，你美丽的谎，
>
> 你倔强的质问，你一道金光，
>
> 一点儿亲密的意义，一股火，
>
> 一缕缥缈的呼声，你是什么？
>
> 我不疑，这因缘一点也不假，
>
> 我知道海洋不骗他的浪花。
>
> 既然是节奏，就不该抱怨歌
>
> 啊，横暴的威灵，你降伏了我，
>
> 你降伏了我！你绚缦的长虹！

> 五千多年的记忆，你不要动，
>
> 如今我只问怎样抱得紧你……
>
> 你是那样的横蛮，那样的美丽！

这里国家的观念或意念是近代的；他爱的是一个理想的完整的中国，也是一个理想的完美的中国。

这个国家意念是抽象的，作者将它形象化了。第一将它化作"你"，成了一个对面听话的。"五千多年的记忆"，这是中国的历史。"抱得紧你"就是"爱你"。怎样爱中国呢？中国"那样美丽"，"美丽"得像"谎"似的。它是"亲密的"，又是"神秘"的，怎样去爱呢？它"倔强的质问"为什么不爱它，又"缥缈的"呼喊人去爱它。我们该爱它，浪花是该爱海的；难爱也得爱，节奏是"不该抱怨歌"的。它"绚缦"得可爱，却又"横暴"得可怕；爱它，怕它，只得降了它。降了它为的是爱，爱就得抱紧它。但是怎样"抱得紧"呢？作者徬徨自问：我们也都该徬徨自问的。陆放翁的《示儿》诗以"九州同"和"王师北定中原"两项具体的事件或理想为骨干：所谓"同"，指社稷，也指民族。"九州"便是二者的形象化。顾亭林说"匹夫"，也够具体的。但"一个观念"超越了社稷和民族，也统括了社稷和民族，是一个完整的意念，完整的理想；而且不但"提示"了，简直"代表"着，一个理想的完整的国家。这种抽象的国家意念，不必讳言是外来的，有了这种国家意念才有近代的国家。诗里形象化的手法也是外来的，却象征着表现着一个理想的完美的中国。可是理想上虽然完美，事实上不免破烂；所以作者彷徨自问，怎样爱它呢？真的，国民革命以来，特别是"九·一八"以来，我们都在这般彷徨的自问着。——我们终于抗战了！

　　抗战以后，我们的国家意念迅速的发展而普及，对于国家的情绪达到最高潮。爱国诗大量出现。但都以具体的事件为歌咏的对象，理想的中国在诗里似乎还没有看见。当然，抗战是具体的、现实的。具体的节目太多了，现实的关系太大了，诗人们一方面俯拾即是，一方面利害切身，没工夫去孕育理想，也是真的。他们发现内地的美丽，民众的英勇，赞颂杀敌的英雄，预言最后的胜利，确是尽了最大的努力。但是我们的抗战，如我们的领导者屡次所昭示的，是坚贞的现实，也是美丽的理想。我们在抗战，同时我们在建国：这便是理想。理想是事实之母，抗战的种子便孕育在这个理想的胞胎中。我们希望这个理想不久会表现在新诗里。诗人是时代的前驱，她有义务先创造一个新中国在他的诗里。再说这也是时候了。抗战以来，第一次我们获得了真正的统一；第一次我们每个国民都感觉到有一个国家——第一次我们每个人都感觉到中国是自己的。完整的理想已经变成完整的现实了，固然完美的中国还在开始建造中，还是一个理想；但我相信我们的国家意念已经发展到一个程度，我们可以借用美国一句话："我的国呵，对也罢，不对也罢，我的国呵。"（这句话可以有种种解释，这里是说，我国对也罢，不对也罢，我总不忍不爱它。）"如今我只问怎样抱得紧你……"，要"抱得紧"，得整个儿抱住；这得有整个儿理想，包孕着笼罩着片段的现实，也包孕着笼罩着整个的现实的理想。

现在我们再来看看《死水》里的《一句话》：

有一句话说出说是祸，

有一句话能点得着火。

别看五千年没有说破，

你猜得透火山的缄默？

说不定是突然着了魔，

突然青天里一个霹雳

爆一声

"咱们的中国！"

这话教我今天怎么说？

你不信铁树开花也可，

那么有一句话你听着：

等火山忍不住了缄默，

不要发抖，伸舌头，顿脚，

等到青天里一个霹雳

爆一声

"咱们的中国！"

现在，真的，铁树开了花，"火山忍不住了缄默"，那"五千年没有说破"的"一句话",那"青天里一个霹雳"似的一声,果然"爆"出来了。火已经点着了:说是"祸"也可,但是"祸兮福所倚",六年半的艰苦抗战奠定了最后胜利的基础。最后的胜利必然是我们的。这首诗写在十七八年前头,却像预言一般,现在开始应验了。我们现在重读这首诗,更能感觉到它的意义和力量。它还是我们的预言:"咱们的中国!"这一句话正是我们人人心里的一句话,现实的,也是理想的。

(三十二年)

北平诗

——《北望集》序

　　离开北平上六年了，朋友们谈天老爱说到北平这个那个的，可是自个儿总不得闲好好的想北平一回。今天下午读了马君玠先生这本诗集，不由得悠然想起来了。这一下午自己几乎忘了是在甚么地方，跟着马先生的诗，朦朦胧胧的好像已经在北平的这儿那儿，过着前些年的日子，那些红墙黄瓦的宫苑带着人到画里去，梦里去。那儿黯淡，幽寂，可是自己融化在那黯淡和幽寂里，仿佛无边无际的大。北平也真大：

> 长城是衣领，围护在苍白的颊边，
>
> 永定河是一条绣花带子，在它腰际蜿蜒。
>
> 　　　　　　　　　　　　　（《行军吟》之五）

城圈儿大，可是城圈儿外更大：那圆明园，那颐和园，可不都在城圈儿外？东西长安街够大的。可是那些小胡同也够大的：

巷内

有卖硬面饽饽的，

跟随着一曲胡琴，

踱赤熟习的深巷。

（《秋兴》之八）

久住在北平的人便知道这是另一个天地，自己也会融化在里头的。——北平的大尤其在天高气爽的秋季和人踪稀少的深夜，这巷内其实是无边无际的静。马先生和我都曾是清华园的住客，他也带着我到了那儿：

路边的草长得高与人齐，

遮没年年开了又谢的百合花。

屋子里生长着灰绿色的霉，有谁坐在

圈椅里度曲，看帘外的疏雨湿丁香。

（《清华园》）

这一下午，我算是在北平过的；其实是在马先生的诗里过的。

从前也读过马先生一些诗。他能够在日常的小事物上分出层层的光影。头发一般的心思和暗泉一般涩的节奏带着人穿透事物的外层到深处去，那儿所见所闻都是新鲜而不平常的。他有兴趣向平常的事物里发见那不平常的。这不是颓废，也不是厌倦；说是寂寞倒有点儿，可是这是一个现代人对于寂寞的吟味。他似乎最赏爱秋天，雨天，黄昏与夜，从平淡和幽静里发见甜与香。那带点文言调子的诗行多少引着人离开现实，可是那些诗行还能有足够的弹性钻进现实的里层去。不过这究竟只在人生的一角上，而且我们只看见马先生一个人；诗里倒并不缺乏温暖，不过他到底太寂寞了。

这本集子便不同了，抗战是我们的生死关头，一个敏感的诗人怎么会不焦虑着呢？这本诗其实大部分是抗战的记录。马先生写着沦陷后的北平，出现在他诗里的有游击队，敌兵，苦难的民众，醉生梦死的汉奸。他写着我们的大后方，出现在他诗里的有英勇的战士，英勇的工人，英勇的民众。而沦陷后的北平是他亲见亲闻的，他更给我们许多生动的细节，《走》那篇长诗里安排的这种细节最多。他这样想网罗全中国和全中国的人到他的诗里去。但他不是个大声疾呼的人，他只能平淡的写出他所见所闻所想的。平淡里有着我们所共有而分担着的苦痛和希望。平淡的语言却不至于将我们压住；让我们有机会想起整套的背景，不死钉在一点一线一面上。北平在他的笔下只是抗战的一张幕，可是这张幕上有些处细描细画，这就勾起了我们一番追忆。可是我还是跟着他的诗回到抗战的大后方来了。大声疾呼，我们现在似乎并不缺乏，缺乏的正是平淡的歌咏；因为我们已经到了该多想想的时候了。马先生现在也该不再那么寂寞了罢？

（三十二年）

诗的趋势

一九三九年六月份的《大西洋月刊》载有现代诗人麦克里希（Archibald Macleish）《诗与公众世界》一文。这篇文曾经我译出，登在香港《大公报》的文艺副刊里。文中说：

> 如果我们作为社会分子的生活——那就是我们的公众生活，那就是我们的政治生活——已经变成了一种生活，可以引起我们私人的厌恶，可以引起我们私人的畏惧，也可以引起我们私有的希望；那么，我们就没有法子，只得说，对于这种生活的我们的经验，是有强烈的私人的感情的经验了。如果对于这种生活的我们的经验，是有强烈的私人的感情的经验，那么，这些经验便是诗所能使人认识的经验了——也许只有诗才能使人认识它们呢。

又说：

要用归依和凭依的态度将我们这样的经验写出来，使人认识，必须那种负责任的，担危险的语言，那种表示接受和信仰的语言。

而他论到滂德（Ezra Pound）说：

他夜间做梦，总梦见些削去修饰的词儿，那修饰是使它们陈旧的；总梦见些光面儿没油漆的词儿，那油漆曾将它们涂在金黄色的柚木上；总梦见些反剥在白松木上，带着白松香气的词儿。

他所谓"我们自己时代的真诗"，所用的经验是怎样，所用的语言是怎样，这儿都具体的说了。他还说，在英美青年诗人的作品里，已经可以看出，那真诗的时代是近了。

近来得见一本英国现代诗选，题为《再别怕了》（*Fear No More*）。似乎可以印证麦克希里的话。这本诗选分题作《为现时代选的生存的英国诗人的诗集》，一九四〇年剑桥大学出版部印行的。各位选者和各篇诗的作者都不署名。《给读者》里这样说：

……但可以看到〔这么办〕于书本有好处。虽然一切诗人都力求达到完美的地步，但没有诗人达到那地步。不署名见出诗的公共的财富；并且使人较易秉公读一切好诗。

集中许多诗曾在别处发表，都是有署名的。全书却也有一个署名，那是当代英国桂冠诗人约翰·买司斐尔德（John Masefield）的题辞，这本书是献给他的。题辞道：

> 在危险的时期，群众的心有权力。只有个人的心能创造有价值的东西，这时候却不看重了。人靠群众的心抵抗敌人；靠着个人的心征服"死亡"。作这本有意思的书的人们知道这一层，他们告诉我们，"再别怕了"。

集中的诗差不多都是一九四〇前五年内写的。选录有两个条件：一是够好的，一是够近的。为了够好，先请各位诗人选送自己的诗，各位选者再加精择；末了儿将全稿让几位送稿的诗人看，请他们再删一次。至于"够近的"这条件，是全书的目的和特性所在，《给读者》里有详尽的说明。

"过去五年时运压人，是些黑暗而烦恼的年头；可是比私人的或个人的幸福更远大的幸福却在造就中。凡沉思〔的人〕是不能不顾到这些烦恼的。人不再是上帝的玩意了：眼见他的运命归他自己管了——一种新责任，新体验到的危险。"这本书的名字取自买司斐尔德的题辞：原拟的名字是《人对着自己》（*Man Facing Himself*）。"这句话写出战争，也写出了诗。……虽然时势紧急，使我们去做大规模的，拼性命的动作，可是我们中没有一个因此就免掉沉想的义务。这战争我们得

"想"到底；这一回战争对于思想家相关〔之切〕，是别的战争所从不曾有过的。……著述人，政治家，记者，宣教师，广播员，都赞同这个意见……诗的重要不在特殊的结论而在鼓励沉思。……人要诗，如饥者之于食，不为避开环境，是为抓住环境。因为诗是生活的路子的一个例子。人要的是例子，不是诗人写下的聪明话，是他们沉思的路子，更不是别的旧诗选本，是切于现时代的事例和实证——这事例和实证表显人类用来测量并维持那些精神标准的权力。本书原不代表一切写着诗的英国诗人；可是只要诗人同是活着的人，本书也可以代表他们，并可以代表人类。因为时代的诗是人类的声音。这种诗没有劝告，没有标语；只有自觉的路子。诗人在写作的时候，他们是自己的一贴解药，可以解掉群众心理〔的影响〕；他们将孤注押在自己这个人身上，这个自觉的人身上，这个面对自己的人身上。这样做时，他们就表显怎样为人类作战。"——这一番话和麦克里希的话是可以互相映发的。

现在选择本集的诗二首，作为例证。

冬鸳耷菊

簇着，小小的仿佛一口气，

不是颗花儿，倒是一群人；

好像在用心头较热的力，

造他们心头自己的气温。

他们活着：不怨载他们的
地土，也不怨他们的出世。
他们跟大地最是亲近的，
他们懂得大地怎么回事；

这儿冬天用枯枝的指头
将我们拘入我们的门槛，
他们却承受一年最冷流
建筑他们的家园在中间。

一九三九年九月三日

吃着苹果，摘下来从英国树，
脚底下是秋季，我们在战争。
战氛的星球上许害了疯症，
眼睛里能见到一切的据凭——
黄蜂猛攫着梅子，像我们一流，
但他们聪明些，有分际——四方
都到成熟期，除我们一帮
无季节，无理性，有死而不自由。

话有何用。我们本然的地位
是本然的自我。人能依赖的
希望还是人，虽然人类遭了劫。

　　希望会将恨来划破了大地

　　和人的脸；但若尽力于无害的，

　　我们，这最后的亚当，未必最劣。

　　麦克里希文中论到爱略式（T. S. Eliot）曾说道，"冷讽是勇敢而可以不负责任的语言，否定是聪明而可以不担危险的态度"。冷讽和否定是称为"近代"或"当代"的诗的一个特色。可是到这两首诗就不同了。前一首没有冷讽和否定，不避开环境而能够抓住环境，正是"负责任的，担危险的语言"。那鸳鸯菊耐寒不怨，还能够"用心头较热的力，造他们心头自己的气温"，正是我们"生活的路子的一个例子"。后一首第一节虽由冷讽和否定组织而成，第二节却是"表示接受和信仰的语言"——跟前节对照，更见出经验的强烈来。这正是"面对着自己"，正是"自觉的路子"。"话有何用"，重要的是力行。"但若尽力于无害的，我们，这最后的亚当，未必最劣。""无害的"对战争的有害而言；这确见出远大的幸福在造就中。苹果是秋季的符号，也是亚当的符号；亚当吃了苹果，才开始了苦难。"我们这最后的亚当"也是自作自受，苦难重重。可是我们接受苦难，信仰自己，负起责任，担起危险，未必不能征服死亡。胜过前辈的亚当。这两首诗的作者虽然"将孤注押在自己这个人身上"，可是"自己这个人"是"作为社会分子"而生活着；所以诗中用的是"他们""我们"两个复数词。作为社会分子而生活就是"公众生活"，就是"政治生活"；对于这种生活的经验，就是"怎样为人类作战"。这种诗似乎可以当得麦克里希所谓"能做现在所必需做的新的建设工作的诗"。这两首诗里用的都是些"削去修饰的词儿"。译文里也可见出。这跟一般称为"近代"或"当代"的诗是不同的。近来还看到一本英国诗选，题为《明日诗人》（*Poets of Tomorrow*）（第三集），去年出版。从这本书知道近年的诗人已经不爱"晦涩"，不迷恋文字和巧技，而要求无修饰的平淡的实在感，要求明确的直截的诗。还有人以为诗不是专门的艺术而是家庭的艺术；以为该使平常人不怕诗，并且觉着自己是个潜在的诗人（分见各诗人小传）。那么，这两首的平淡也是近年一般的倾向了。

我国诗人现在是和这些英国诗人在同一战争中，而且在同一战线上，我国抗战以来的诗，似乎侧重"群众的心"而忽略了"个人的心"，不免有过分散文化的地方。《再别怕了》这本诗选也许是一面很好的借镜。

（三十二年）

译　诗

　　诗是不是可以译呢？这问句引起过多少的争辩，而这些争辩将永无定论。一方面诗的翻译事实上在同系与异系的语言间进行着，说明人们需要这个。一切翻译比较原作都不免多少有所损失，译诗的损失也许最多。除去了损失的部分，那保存的部分是否还有存在的理由呢？诗可不可以译或值不值得译，问题似乎便在这里。这要看那保存的部分是否能够增富用来翻译的那种语言。且不谈别国。只就近代的中国论，可以说是能够的。从翻译的立场看，诗大概可以分为两类。一类带有原来语言的特殊语感。如字音，词语的历史的风俗的涵义等，特别多，一类带的比较少。前者不可译，即使勉强译出来，也不能教人领会，也不值得译。实际上译出的诗，大概都是后者，这种译诗里保存的部分可以给读者一些新的东西，新的意境和语感；这样可以增富用来翻译的那种语言，特别是那种诗的语言，所以是值得的。也有用散文体来译诗的。那是恐怕用诗体去译，限制多，损失会更大。这原是一番苦心。只要译得忠实，增减处不过多，可以不失为自由诗，那还是可以增富那种诗的语言的。

有人追溯中国译诗的历史，直到春秋时代的《越人歌》（《说苑·善说篇》）和后汉的《白狼王诗》（《后汉书·西南夷传》）。这两种诗歌表示不同种类的爱慕之诚：前者是摇船的越人爱慕楚国的鄂君子晳，后者是白狼王唐菆等爱慕中国。前者用楚国民歌体译，这一体便是《九歌》的先驱，后者用四言体译。这两首歌只是为了政治的因缘而传译。前者是古今所选诵，可以说多少增富了我们的语言，但翻译的本意并不在此。后来翻译佛经，也有些原是长诗，如《佛所行赞》，译文用五言，但依原文不用韵。这种长篇无韵诗体，在我们的语言里确是新创的东西，虽然并没有在中国诗上发生什么影响。可是这种翻译也只是为了宗教，不是为诗。近世基督《圣经》的官话翻译，也增富了我们的语言，如五四运动后有人所指出的，《旧约》的《雅歌》尤其是美妙的诗。但原来还只为了宗教，并且那时我们的新文学运动还没有起来，所以也没有在语文上发生影响，更不用说在诗上。

清末梁启超先生等提倡"诗界革命"，多少受了翻译的启示，但似乎只在词汇方面，如"法会盛于巴力门"一类句子。至于他们在意境方面的创新，却大都从生活经验中来，不由翻译，如黄遵宪的《今别离》，便是一例。这跟唐宋诗受了禅宗的启示，偶用佛典里的译名并常谈禅理，可以相比。他们还想不到译诗。第一个注意并且努力译诗的，得推苏曼殊。他的《文学因缘》介绍了一些外国诗人，是值得纪念的工作；但为严格的旧诗体所限，似乎并没有多少新的贡献。他的译诗只摆仑的《哀希腊》一篇，曾引起较广大的注意，大概因为多保存着一些新的情绪罢。旧诗已成强弩之末，新诗终于起而代之。新文学大部分是外国的影响，新诗自然也如此。这时代翻译的作用便很大。白话译诗渐渐的多起来，译成的大部分是自由诗，跟初期新诗的作风相应。作用最大的该算日本的小诗的翻译。小诗的创作风靡了两年，只可惜不是健全的发展，好的作品很少。北平《晨报·诗刊》出现以后，一般创作转向格律诗。所谓格律，指的是新的格律，而创作这种新的格律，得从参考并试验外国诗的格律下手。译诗正是试验外国格律的一条大路，于是就努力的尽量的保存原作的格律甚至韵脚。这里得特别提出闻一多先生翻译的白朗宁夫人的商籁二三十首（《新月杂志》）。他尽量保存原诗的格律，有时不免牺牲了意义的明白。但这个试验是值得的，现在商籁体（即十四行）可算是成立了，闻先生是有他的贡献的。

不过最努力于译诗的，还得推梁宗岱先生。他曾将他译的诗汇印成集，用《一切的峰顶》为名，这里面英法德等国的名作都有一些。近来他又将多年才译成的莎士比亚的商籁发表（《民族文学》），译笔是更精练了。还有，爱略忒的杰作《荒原》，也已由赵萝蕤女士译出了。我们该感谢赵女士将这篇深曲的长诗尽量明白的译出，并加了详注。只是译本抗战后才在上海出版，内地不能见着，真是遗憾。清末的译诗，似乎只注重新的意境。但是语言不解放，译诗中能够保存的原作的意境是有限的，因而能够增加的新的意境也是有限的。新文学运动解放了我们的文学，译诗才能多给我们创造出新的意境来。这里说"创造"，我相信是如此。将新的意境从别的语言移植到自己的语言里而使它能够活着，这非有创造的本领不可。这和少数作者从外国诗得着启示而创出新的意境，该算是异曲同工。（从新的生活经验中创造新的意境，自然更重要，但与译诗无关，姑不论。）有人以为译诗既然不能保存原作的整个儿，便不如直接欣赏原作；他们甚至以为译诗是多余。这牵涉到全部翻译问题，现在姑只就诗论诗。译诗对于原作是翻译；但对于译成的语言，它既然可以增富意境，就算得一种创作。况且不但意境，它还可以给我们新的语感，新的诗体，新的句式，新的隐喻。就具体的译诗本身而论，它确可以算是创作。至于能够欣赏原作的究竟是极少数，多数人还是要求译诗，那是从实际情形上一眼就看出的。

现在钞梁宗岱先生译的莎士比亚的商籁一首：

> 啊，但愿你是你自己！但爱啊，你
>
> 将非你有当你不再活在世上：
>
> 为这将临的日子你得要准备，
>
> 快交给别人你那温馨的肖像。
>
> 这样，你所租凭的朱颜就永远

不会满期；于是你又将再变成

你自己，当你已经离开了人间，

既然你儿子保留着你的倩影。

谁会让一座这样的华厦倾颓，

如果小心地看守便可以维护

它的荣光，去抵抗隆冬的狂吹

和那冷酷的死亡徒然的暴怒？

啊，除非是浪子：吾爱啊，你知道

你有父亲；让你儿子也可自豪。

（《民族文学》一卷二期）

  这是求爱求婚的诗。但用"你儿子保留着你的倩影"作求爱的说辞，在我们却是新鲜的（虽然也许是莎士比亚当时的风气，因为这些商籁里老这么说着）。"你知道你有父亲；让你儿子也可自豪"就是说你保留着你父亲的"荣光"，也该生个儿子保留你的"荣光"；这是一个曲折的新句子。而"租凭"和"满期"一套隐喻，和第三段一整套持续的隐喻，也是旧诗词曲里所没有的。这中间隐喻关系最大。梁先生在《莎士比亚的商籁》文里说："伟大天才的一个特征是他的借贷或挹注的能力，……天才的伟大与这能力适成正比例。"（《民族文学》一卷二期）"借贷或挹注"指的正是创造隐喻。由于文学的解放和翻译的启示，新诗里创造隐喻，比旧诗词曲都自由得多。顾随先生曾努力在词里创造隐喻，也使人一新耳目。但词体究竟狭窄，我们需要更大的自由。我们需要新诗，需要更多的新的隐喻。这种新鲜的隐喻正如梁先生所引雪莱诗里说的，是磨砺人们钝质的砥石。

苏俄诗人玛耶可夫斯基也很注重隐喻。他的诗的翻译给近年新诗不少的影响。他在《与财务监督论诗》一诗中道：

照我们说

韵律——

大桶，

炸药桶。

一小行——

导火线。

大行冒烟，

小行爆发，——

而都市

向一个诗节的

空中飞着。

据苏联现代文学史里说，这是玛耶可夫斯基在"解释着隐喻方法的使命"。他们说："隐喻已经不是为了以自己的新奇来战胜读者而被注意的，而是为了用极度的具体性与意味性来揭露意义与现象的内容而被注意。"(以上均见苏凡译，《玛耶可夫斯基的作诗法》，《中苏文化》八卷第五期。）这里隐喻的重要超乎"新奇"而在另一个角度里显现。

以上论到的都是翻译的抒情诗。要使这些译诗发生更大的效用，我想一部译诗选是不可少的。到现在止，译诗的质和量大概很够选出一本集子，只可惜太琐碎，杂志和书籍又不整备，一时无法动手。抒情诗之外还有剧诗和史诗的翻译。这些都是长篇巨制，需要大的耐心和精力，自然更难。我们有剧诗，杂剧传奇乃至皮黄都是的。但像莎士比亚无韵体的剧诗，我们没有。皮黄的十字句在音数上却和无韵体近似，大鼓调的十字句也是的。杂剧传奇乃至皮黄都是歌剧体裁，用来翻译无韵体的诗剧，不免浮夸。在我们的新诗里，无韵体的试验已有个样子。翻译剧诗正可以将这一体继续练习下去，一面跟皮黄传统有联系处，一面也许还可以形成我们自己的无韵体新诗剧。史诗我们没有。我们有些短篇叙事诗跟长篇弹词；还有大鼓书，也是叙事的。新诗里叙事诗原不发达，但近年来颇有试验长篇叙事诗的。翻译史诗用"生民"体或乐府体不便伸展，用弹词体不够庄重，我想也可用无韵体，与大鼓书多少间联系着。英国考勃（William Cowper）翻译荷马史诗，用的也是无韵体，可供参考。

剧诗的翻译这里举孙大雨先生译的莎士比亚《黎琊王》的一段为例。这一剧的译文，译者说经过"无数次甘辛"，我们相信他的话。

听啊，造化，亲爱的女神，请你听！

要是你原想叫这东西有子息，

请拨转念头，使她永不能生产，

毁坏她孕育的器官，别让这逆天

背理的贱身生一个孩儿增光彩！

如果她务必要蕃滋，就赐她个孩儿

要怨毒作心肠，等日后对她成一个

暴戾乖张，不近情的心头奇痛。

那孩儿须在她年轻的额上刻满

愁纹；两额上使泪流凿出深槽；

将她为母的劬劳与训诲尽化成

人家底嬉笑与轻蔑；然后她方始

能感到，有个无恩义的孩子，怎样

比蛇牙还锋利，还恶毒！……

（《民族文学》一卷一期）

　　这是黎琊王诅咒他那"无恩义的"大女儿的话。孙先生在序里说要"在生硬与油滑之间刈除了丛莽，辟出一条平坦的大道"，他做到了这一步。序里所称这一剧的"磅礴的浩气"，"强烈的诗情"，就在这一段译文中也可见出。这显示了孙先生的努力，同时显示了无韵体的效用。

　　史诗的翻译教我们想到傅东华先生的《奥德赛》和《失乐

园》两个译本。两本都是用他自创的一种白话韵文译的。前者的底本是考勃的无韵体英译本。傅先生在他的译本的《引子》里说"用韵文翻译,并没有别的意思,只不过觉得这样的韵文化较便读"。《失乐园》的卷首没有说明,用意大概是相同的。这两个译本的确流利便读,明白易晓,自是它们的长处。所用的韵文,不像旧诗词曲歌谣,而自成一体;但诗行参差,语句醒豁,跟散文差不多。傅先生只是要一种便于翻译便于诵读的韵文,对于创造诗体,好像并未关心。这种韵文虽然"便读",但用来翻译《奥德赛》,似乎还缺少一些素朴和庄严的意味。傅先生依据的原是无韵体英译本,当时若也试用无韵体重译,气象自当不同些。至于《失乐园》,本就是无韵体,弥尔顿又是反对押韵的人,似乎更宜于用无韵体去译。傅先生的两个译本自然是力作,并且是有用的译本。但我们还盼望有人用无韵体或别的谨严的诗体重译《奥德赛》,用无韵体重译《失乐园》,使它们在中国语言里有另一副面目。《依利阿德》新近由徐迟先生选译,倒是用的无韵体,可惜译的太少,不能给人完整的印象。译文够流利的,似乎不缺乏素朴的意味,只是庄严还差些。

（三十二年，三十三年）

真　诗

　　二十年前新诗开始发展的时候，胡适之先生写了《北京的平民文学》一篇短文，介绍北京的歌谣（《文存》二集）。文中引义国卫太尔男爵编的《北京歌唱》（一八六九）〔自序〕，说这些歌谣中有些"真诗"，并且说："根据在这些歌谣之上，根据在人民的真感情之上，一种新的'民族的诗'也许能产生出来呢。"胡先生接着道：

　　　　现在白话诗起来了，然而做诗的人似乎还不曾晓得俗歌里有许多可以供我们取法的风格与方法，所以他们宁可学那不容易读又不容易懂的生硬文句，却不屑研究那自然流利的民歌风格。这个似乎是今日诗国的一种缺陷罢？

胡先生提倡"活文学"的白话诗，要真，要自然流利，卫太尔的话足以帮助他的理论。他所谓"生硬文句"，指的过分欧化的文句。

但是新文学运动实在是受外国的影响。胡先生自己的新诗，也是借镜于外国诗，一翻《尝试集》就看出来。他虽然一时兴到的介绍歌谣，提倡"真诗"，可是并不认真的创作歌谣体的新诗。他要真，要自然流利，不过似乎并不企图"真"到歌谣的地步，"自然流利"到歌谣的地步。那些时搜集歌谣运动虽然甚嚣尘上，只是为了研究和欣赏，并非供给写作的范本。有人还指出白话诗的音调要不像歌谣，才是真新诗。其实这倒代表一般人的意见。当时刘半农先生曾经仿作江阴船歌（《瓦釜集》），俞平伯先生也曾仿作吴歌（见《我们的七月》），他们只是仿作歌谣，不是在作新诗。仿的很逼真，很自然，但他们自己和别人都不认为新诗。——俞先生在《欢愁底歌》（《冬夜》）那首新诗里却有两段在尝试小调（俗曲）的音节；不过也只是兴到偶一为之，并没有尝试第二次。

"九·一八"前后，一度有所谓大众语运动，这运动的一个支流便是诗的歌谣化。那时有些人尝试着将所谓农民大众的意识装进山歌的形式里——工人的意识似乎就装不进去。这个新的歌谣或新诗只出现在书刊上，并不能下乡，达到农民的耳朵里，对于刊物的读者也没有能够引起兴味，因此没有甚么影响说过去了。大众语运动虽然热闹一时，不久也就消沉了下去。主要的原因大概可以说是不切实际罢。接着是通俗读物编刊运动，大规模的旧瓶装新酒，将爱国的意念装进各种民间文艺的形式里。这里面有俗曲，如大鼓调，但没有山歌和童谣，大约因为这两体短小的缘故。这运动的目标只在"通俗读物"，只在宣传，不在文艺，倒收到相当的效果，发生相当的影响。

抗战以来，大家注意文艺的宣传，努力文艺的通俗化。尝试各种民间文艺的形式的多起来了。民间形式渐渐变为"民族形式"。于是乎有长时期的"民族形式的讨论"。讨论的结果，大家觉得民族形式自然可以利用，但欧化也是不可避免的。就利用民族形式或文艺的通俗化而论，也有两种意见。一是整个文艺的通俗化，一面普及，一面提高；一是创作通俗文艺，只为了普及，提高却还是一般文艺（非通俗文艺）的责任。不管理论如何，事实似乎是走着第二条路。这时期民族形式的利用里，山歌和童谣两体还是没有用上。诗正向长篇和叙事体发展，自然用不到这些。大鼓调用得却不少，老舍先生的《剑北篇》就是好例子。柯仲平先生的《平汉铁路工人破坏大队的产生》参用唱本（就是俗曲）的形式写成那么长的诗（并没有完），也引起一般的注意。这种爱国的诗也可算作"民族的诗"。但卫太尔那时所谓"民族的诗"似乎只指表现一段民众的生活的诗，他不会想到现在的发展。再说他那本《北京歌唱》里收的全是儿歌或童谣，他所谓"真诗"和"民族的诗"都只"根据在这些歌谣之上"，跟现在主张和实行利用民族形式的人也大不相同的。

从新诗的发展来看，新诗本身接受的歌谣的影响很少。所谓歌谣，照我现在的意见，主要的可分为童歌（就是儿歌），山歌，俗曲（唱本）三类。新诗只在抗战后才开始接受一些俗曲的影响，如上文指出的——"九·一八"前后歌谣化的新诗，尝试的既不多，作品也有限（已故的蒲风先生颇在这方面努力，但成绩也不显著），可以不论。不过白话诗的通俗化却很早就开始。有一种"夸阳历"的新大鼓，记得民国十四年左右已经出现。更值得重提的是十七年《大公报》上的几首《民间写真》，作者是蜂子先生，已经死了十多年。现在钞一首《赵老伯出口》在这里：

赵老伯一辈子不懂什么叫作愁，
他老是微笑着把汗往下流。
　他又有一个有趣惹人笑的脸，
　鼻子翘起像只小母牛。
他的老婆死了很久很久，
儿子闺女都没有，
　三亩园子两间屋，
　还有一只大黄狗。

赵老伯近年太衰老，
自己的园地种不了。
　从前种菜又种瓜，
　现在长满了狗尾巴草。

夏天没得吃，冬天又没得穿，
三亩园子典了三十千。

今年到期赎不出，
　　李五爷催他赶快搬。

赵老伯这几天脸上没有了笑，
提起了搬家把泪掉：
　　"那里有啥家可搬？
　　提上棍子去把饭来要！"

这园子我种过四十年，
才卖了这么几个钱！
　　又舍不开东邻共西舍，
　　逼我搬家真可怜！"

"从未走路先晃荡，
说不定早晨和晚上，
　　我死也要死在李家桥，
　　天哪！我不能劳苦一生作了外丧！"

"快滚！快滚！快快滚！"
李五爷的管家发了狠。
　　"秃三爷的利害你该知道！
　　摸摸你吃饭的家伙稳不稳？"

赵老伯有个好人缘儿，

小孩子都喜欢同他玩儿。

因为李五爷赶他走，

大家只能把长气吸一口。

一瘸一拐奔了古北口，

山上山下几行衰柳。

晨曦里我远望见他同他的老伙伴，

赵老伯同着他的大黄狗。

（《大公报》，十七年十一月二十一日）

这够"自然流利"的，按卫太尔和胡先生的标准，该可以算是
"真诗"。其中四个"把"字句和一些七字句大概是唱本的影响，
但全篇还是一般白话的成分多。本篇描写农民的生活具体而贴
切；虽然无所谓农民大众的意识，却不愧"民间写真"的名目。
作为通俗的白话诗，这是出色当行之作；但按诗的一般标准说，
似乎还欠经济些——原作者自己似乎也没有认为一般的新诗。

所谓"自然流利"的"真诗"，如上文所论，是以童谣为根
据的。童谣就是儿歌，并不限于儿童生活，歌咏成人生活的也
尽有。"童谣"是历史上传下来的名字，似乎比儿歌能够表现这
种歌谣的社会性些——我并不看重童谣的占验作用，而看重它
的讽世作用。童谣是"诵"的，也可以算是"读"的。它全用
口语，所谓"自然流利"，有时候压韵，也极自然，念下去还是

流利的。但是童谣跟别种民间文艺一样，俳谐气太重而缺乏认真的严肃的态度，夸张和不切实更是它的本色。这是童谣的"自然"。"流利"的语调儿见出伶俐，但太轻快了便不免有点儿滑，沉不住气。这也许可以说是不认真的"真诗"罢？再说童谣复沓多，只能表现单纯和简单的情感，也跟一般的诗不同。新诗不取法于童谣，大概为了这些。

山歌是竹枝词一脉，中唐李益有诗道，"无奈孤舟夕，山歌闻竹枝"，可见，对山歌也该是的；刘禹锡《竹枝词》引中有"以曲多为贤"的话，似乎就指的相对竞歌，竹枝词原可以合乐，且有舞容。现在的山歌调也可以合乐，舞容却似乎没有。但现在的山歌以徒歌为主。竹枝词从刘禹锡依调创作以后，成为诗的一体；不过是特殊的一体，专咏风土，不避俗，跟一般的七绝诗总有些分别。后来搜集山歌的人称山歌为"风"，如李调元的《粤风》。"风"的名字虽然本于《国风》，其实只是"歌谣"的意思。这与一般的诗还是不能相提并论。现在的山歌以歌咏私情（恋爱）为主，最长于创造譬喻。在创造譬喻这一点上，是值得新诗取法的。山歌也尽量用白话，虽不像童谣的"自然"，比一般的诗却"自然"得多。可是因此也不免俳谐，洒脱，不认真。山歌是唱的，虽然空口唱，也有一定的调子，似乎说不上"流利"与否。又因为是唱的，声就比义重，在不唱而吟诵的时候，山歌的音调也还跟七绝诗一样。新诗是"读"的或"说"的，不是唱的，它又要从旧诗词曲的固定的形式解放，又认真，所以也没有取法于山歌。

俗曲的种类很多，往往因地而异。各有各的来历，这里无须详论。俗曲大多数印成唱本，普通就称为唱本。许多的小调和大鼓调都有唱本。唱本以七字句或十字句为基调，有些可以合乐，但长篇只为吟诵而作。唱本篇幅长，要句调整齐，得多参用文言，便不能很"自然"。它的"自然"还赶不上山歌，但比一般的诗总近于口语些就是了。它也无所谓"流利"与否。童谣的俳谐气、夸张和不切合的情形，唱本都有，它的不切合特别表现在套语里，如佳人，牙床等。加上白话方言的驳杂，叙述描写的繁琐，完美的作品极少。唱本多半是叙事歌，不像童谣和山歌以抒情为主。新诗原只向抒情方面发展，无须叙事的体裁，唱本又有许多和新诗不合的地方，新诗不取法于它是无足怪的。现在的诗一方面向叙事体发展，于是乎柯仲平先生斟酌唱本的形式，写面《平汉铁路工人破坏大队的产生》。那是准备朗读的，不是准备吟诵的；倒没有唱本的种种不合的地方，只是繁琐得可以，繁琐就埋没了精彩。

但是新诗不取法于歌谣，最主要的原因还是外国的影响；别的原因都只在这一个影响之下发生作用。外国的影响使我国文学向一条新路发展，诗也不能够是例外。按诗的发展的旧路，各体都出于歌谣，四言出于《国风》《小雅》，五七言出于乐府诗；《国风》《小雅》跟乐府诗在民间流行的时候，似乎有的合乐，有的徒歌。——词曲也出于民间，原来却都是乐歌。这些经过文人的由仿作而创作，渐渐的脱离民间脱离音乐而独立。这中间词曲的节奏不根据于自然匀称和均齐，而靠着乐调的组织，独立较难。词脱离了民间，脱离了音乐，脱离了俳偕，但只挣得半独立的"诗余"地位。清代常州词派想提高它的地位，努力使它进一步的诗化，严肃化，可是目的并未达成。曲脱离了民间，没有脱离了音乐。剧曲的发展成功很大，散曲却还一向带着俳谐气，所以只得到"词余"的地位。新文学运动以来，这两体都升了格算是诗了，那是按外国诗的意念说的，也是外国的影响。

照诗的发展的旧路，新诗该出于歌谣。山歌七言四句，变化太少；新诗的形式也许该出于童谣和唱本。像《赵老伯出口》倒可以算是照旧路发展出来新诗的雏形。但我们的新诗早就超过这种雏形了。这就因为我们接受了外国的影响，"迎头赶上"的缘故。这是欧化，但不如说是现代化。"民族形式讨论"的结论不错，现代化是不可避免的。现代化是新路，比旧路短得多，要"迎头赶上"人家，非走这条新路不可。可是话说回来，新诗虽然不必取法于歌谣，却也不妨取法于歌谣，山歌长于譬喻，并且巧于复沓，都可学。童谣虽然不必尊为"真诗"，但那"自然流利"，有些诗也可斟酌的学。新诗虽说认真，却也不妨有不认真的时候。历来的新诗似乎太严肃了，不免单调些。卞之琳先生说得好：

可是松了，

不妨拉树枝摆摆。

（《慰劳信集》五）

我们现在不妨来点儿轻快的幽默的诗。只有唱本，除了一些句法外，值得学的很少。现在叙事诗虽然发展，唱本却不足以供模范。现在的叙事诗已经不是英雄与美人的史诗，散文的成分相当多。唱本的结构往往松散，若去学它，会增加叙事诗的散文化的程度，使读者觉得过分。我们主张新诗不妨取法歌谣，为的使它多带我们本土的色彩；这似乎也可以说是利用民族形式，也可以说是创作"一种新的'民族的诗'"。

（三十二年）

朗读与诗

诗与文都出于口语，而且无论如何复杂，原都本于口语，所以都是一种语言。语言不能离开声调，诗文是为了读而存在的，有朗读，有默读。所谓"看书"其实就是默读，和看画看风景并不一样。但诗跟文又不同。诗出于歌，歌特别注重节奏；徒歌如此，乐歌更如此。诗原是"乐语"，古代诗和乐是分不开的，那时诗的生命在唱。不过诗究竟是语言，它不仅存在在唱里，还存在在读里。唱得延长语音，有时更不免变化语音，为了帮助听者的了解，读有时是必需的。有了文字记录以后，读便更普遍了。《国语·楚语》记申叔时告诉士亹怎样做太子的师傅，曾说"教之诗……以耀明其志"。教诗明志，想来是要读的。《左传》记载言语，引诗的很多，自然也是读，不是唱。读以外还有所谓"诵"。《墨子》里记着儒家公孟子"诵诗三百"的话。《左传》襄公十四年记卫献公叫师曹"歌"《巧言》诗的末章给孙文子的使者孙蒯听。那时文子在国境上，献公叫"歌"这章诗，是骂他的，师曹和献公有私怨，想激怒孙蒯，怕"歌"

了他听不清楚，便"诵"了一通。这"诵"是有节奏的。诵和读都比"歌"容易了解些。

《周礼·大司乐》"以乐语教国子：兴、道、讽、诵、言、语"。郑玄注，"以声节之曰诵"。诵是有腔调的，这腔调是"乐府"的腔调，该是从歌脱化而出。《汉书·艺文志》引《传》曰，"不歌而诵谓之赋"。而"赋者，古诗之流也"。（班固《两都赋》序）这"诵"就是师曹诵《巧言》诗的"诵"和公孟子说的"诵诗三百"的"诵"，都是"乐语"的腔调。这跟言语引诗是不同的。言语引诗，随说随引，固然不会是唱，也不会是"诵"，只是读，只是朗读——本文所谓读，兼指朗读、默读而言，朗读该是口语的腔调。现在儿童的读书腔，也许近乎古代的"诵"；而宣读文告的腔调，本于口语，却是朗读，不是"诵"。战国以来，"诗三百"和乐分了家，于是乎不能歌，不能诵，只能朗读和默读；四言诗于是乎只是存在着，不再是生活着。到了汉代，新的音乐又带来了新的诗，乐府诗；汉末便成立了五言诗的体制。这以后诗又和乐分家。五言诗四言诗不一样，分家后却还发展着，生活着。它不但能生活在唱里，并且能生活在读里。诗从此独立了，这是一个大变化。

四言变为五言，固然是跟着音乐发展，这也是语言本身在进展。因为语言本身也在进展，所以诗终于可以脱离音乐而独立，而只生活在读里。但是四言为什么停止进展呢？我想也许四言太呆板了，变化太少了，唱的时候有音乐帮衬，还不大觉得出；只读而不唱，便渐渐觉出它的单调了。不过四言却宜入文，东汉到六朝，四言差不多成了文的基本句式；后来又发展了六言，便成了所谓"四六"的体制。文句本多变化，又可多用虚助词，四言入文，不但不板滞，倒觉得整齐些。这也是语言本身的一种进展。语言本身的进展，靠口说，也靠朗读，而在言文分离像中国秦代以来的情形之下，诗文的进展靠朗读更多——文尤其如此。五言诗脱离音乐独立以后，句子的组织越来越凝练，词语的表现也越来越细密，原因固然很多，朗读是主要的一个。"读"原是"抽绎义蕴"的意思。只有朗读才能玩索每一词每一语每一句的义蕴，同时吟味它们的节奏。默读只是"玩索义蕴"的工作做得好。唱歌只是"吟味节奏"的工作做得好——却往往让义蕴滑了过去。

六朝时佛经"转读"盛行，影响诗文的朗读很大。一面沈约等发见了四声。于是乎朗读转变为吟诵。到了唐代，四声又归纳为平仄，于是乎有律诗。这时候的文也越见铿锵入耳。这些多半是吟诵的作用。律诗和铿锵的骈文，我们可以称为谐调，也是语言本身的一种进展。就诗而论，这种进展是要使诗不经由音乐的途径，而成功另一种"乐语"，就是不唱而谐。目的是达到了，靠了吟诵这个外来的影响。但是这种进展究竟偏畸而不大自然，所以盛唐诸家作所，还是五七言古诗比五七言律诗多（据施子愉《唐代科举制度与五言的关系》文中附表统计，文见《东方杂志》四十卷八号）。并且这些人作律诗，一面还是因为考试规定用律诗的缘故。后来韩愈也少作律诗，他更主持古文运动，要废骈用散，都是在求自然。那时古文运动已经开了风气，律诗却因可以悦耳娱目，又是应试必需，逐渐昌盛。晚唐人有"吟安一个字，拈断数茎髭"，"二句三年得，一吟双泪流"等诗句，特别见得对五律用力之专。而这种气力全用在"吟"上。律诗自然也可朗读，但它的生命在"吟"，从杜甫起就有"新诗改罢自长吟"的话。到了宋代，古文替代了骈文，诗也跟着散文化。七古七律特别进展，七律有意用不谐平仄的句子，所谓"拗调"。这一切表示重读而不重吟，回向口语的腔调。后世说宋诗以意为主，正是着重读的表现。

这时候，新的音乐又带来了一种新的诗体——词。因为歌唱的缘故，重行严别四声。但在宋亡以后词又不能唱了，只生活在仅辨平仄的"吟"里。后来有时连平仄也多少可以通融了。这又是朗读的影响，词也脱离音乐而独立了。元代跟新音乐并起的新诗体又有曲，直到现在还能唱，四声之外，更辨阴阳。因为未到朗读阶段，"看"起来总还不够分量似的。曲以后的新诗体就是我们现代的"新诗"——白话诗。新诗不出于音乐，不起于民间，跟过去各种诗体全异。过去的诗体都发源于民间乐歌，这却是外来的影响。因为不是根生土长，所以不容易让一般人接受它。新文学运动已经二十六年，白话文一般人已经接受了，但是白话诗怀疑的还是很多。不过从语言本身和诗本体的进展来看，这也是自然的趋势。诗趋向脱离音乐独立，趋向变化而近自然，如上文所论。过去每一诗体都依附音乐而起，然后脱离音乐而存。新诗不依附音乐而已活了二十六年，正所谓自力更生。一面在这二十六年里屡次有人提倡新诗采取民歌

（徒歌和乐歌）的形式，并有人实地试验，特别在抗战以后。但是效果绝不显著。这见得那种简单的音乐已经不能配合我们现代人复杂的情思。现代是个散文的时代，即使是诗，也得调整自己，多少倾向散文化。而这又正是宋以来诗的主要倾向——求自然。再就六朝时外来的影响可以改变向来的传统，终于形成了律诗，直活到民国初年，这回外来的影响还近乎自然些，又何可限量呢？新诗不要唱，不要吟；它的生命在朗读，它得生活在朗读里。我们该从这里努力，才可以加速它的进展。

过去的诗体都是在脱离音乐独立之后才有长足的进展。就是四言诗也如此，像嵇康的四言诗，岂不比"三百篇"复杂而细密得多？五七言古近体的进展，我们看来更是显著，"取材广而命意新"（曹学佺《宋诗钞》序中语）一句话扼要的指出这种进展的方向。词的分量加重，也在清代常州词派以后；曲没有脱离音乐，进展就慢得多。这就是说，诗到了朗读阶段才能有独立的自由的进展，但是新诗一产生就在朗读阶段里，为甚么现在落在白话文后面老远呢？一来诗的传统力量比文的传统大得多，特别在形式上。新诗起初得从破坏旧形式下手，直到民国十四年，新形式才渐渐建设起来，但一般人还是怀疑着。而当时诗的兴味也已赶不上散文的兴味浓厚。再说新诗既全然生活在朗读里，而诗又比文更重声调，若能有意的训练朗读，进展也可以快些；可是这种训练直到抗战以后才多起来。不过新诗由破坏形式而建设形式，现在已有相当成绩，正见出朗读的效用。

　　新诗的语言不是民间的语言，而是欧化的或现代化的语言。因此朗读起来不容易顺口顺耳。固然白话文也有同样情形。但是文的篇幅大，不顺的地方容易掩藏，诗的篇幅小，和谐的朗读更是困难。这种和谐的朗读本非二三十年可以达成。律诗的孕育经过二百多年，我们的新诗是由旧的人工走向新自然，和律诗方向相反，当然不需那么长的时期，但也只能移步换形，不能希望一蹴而就。有意的朗读训练该可以将期间缩短些，缩得怎样短，得看怎样努力。所谓顺口顺耳，就是现在一般人说的"上口"。"上口"的意义，严格的说，该是"口语里有了的"。现在白话诗文中有好些句式和词汇，特别是新诗中的隐喻，就是在受过中等教育的人的口语里，也还没有，所以便不容易上口。

　　但照一般的用法，"不上口"好像只是拗口或不顺口，这当然没有明确的分野，不过若以受过现代中等教育的人为标准，出入也许不至于太大。第一意义的"上口"太严格了，按这个意义，白话诗文能够上口的恐怕不多。最重要的，这样限制足以阻碍白话诗文的进展，同时足以阻碍口语的进展。白话诗文和口语该是交互影响着而进展的，所谓"国语的文学——文学的国语"。

　　第二意义的"上口"，该可用作朗读的标准。这所谓"上口"，就是使我们不致歪曲我们一般的语调。如何算"歪曲"，还待分析的具体的研究，但从这些年的经验里，我们也可以知道大略。例如长到二三十字的句，十余字的读，中间若无短的停顿，便不能上口；国语每十字间总要有个停顿才好。又如国语中常用被动句，现在固然不妨斟酌加一些，但不斟酌而滥用，便觉刺耳。口语和白话文里不常用的译名，不容易上口；诗里最好不用，至少也须不多用——外国文更应该如此。他称代词"它"和"它们"，国语里极少，也当细酌。文言夹在白话里，不容易和谐；除非白话里的确缺少那种表现，或者熟语新用，但总是避免的好。至于新诗里的隐喻常是创造的，上口自然不易。

可是这种隐喻的发展也是诗的生长的主要的成分，所谓"形象化"。

旧日各种诗体里也有这个，不过也许没有新诗里多；而且，那些比较凝定的诗体可以掩藏新创的隐喻，使它得到平衡。所以我们得靠朗读熟悉这种表现，读惯了就可以上口了。其实除了一些句式，所谓不能上口的生硬的语汇，经过相当时间的流转，也许入了口语，或由于朗读，也会上口；这种"不上口"并不是绝对的。——我们所谓朗读，和宣读文告的宣读是一类，要见出每一词语每一句子的分量。这跟说话不同，新诗能够"说"的很少。

现时的诗朗诵运动，似乎用的是第一意义的"上口"的标准，并且用的是一般民众的口语的标准。这固然不失为诗的一体，但要将诗一概朗诵化就很难。文化的进展使我们朗读不全靠耳朵，也兼靠眼睛。这增加了我们的能力。现在的白话诗有许多是读出来不能让人全听懂的，特别是诗。新的词汇、句式和隐喻，以及不熟练的朗读的技术，都可能是原因；但除了这些，还有些复杂精细的表现，原不是一听就能懂的。这种诗文也有它们存在的理由。这种特别是诗，也还需要朗读，但只是读给自己听，读给几个看着原诗的朋友听；这种朗读是为了研究节奏与表现，自然也为了欣赏，受用。谁都可以去朗读并欣赏这种诗，只是这种诗不宜于大庭广众。卞之琳先生的一些诗，冯至先生的一些十四行，就有这种情形。近来读到鸥外鸥先生的一首诗，似乎也可作例。这首诗题为《和平的础石》，写在香港，歌咏的是香港老总督的铜像。现在节钞如下：

> 金属了的地
>
> 是否怀疑巍巍高竿在亚洲风云下的休战纪念坊呢？
>
> 奠和平基础于此地吗？
>
> 那样想着而不瞑目的总督，
>
> 日夕踞坐在花岗石上永久的支着腮
>
> 腮与指之间
>
> 生上了铜绿的苔藓了——
>
> ……………………………………
>
> 手永远支住了的总督，
>
> 何时可把手放下来呢？
>
> 那只金属了的手。

诗行也许太参差些。但"金属了的他""金属了的手"里的"金属"这个名词用作动词，便创出了新的词汇，可以注意。这二语跟第六七行原都是描述事实，但是全诗将那僵冷的铜像灌上活泼的情思，前二语便见得如何动不了，动不了手，第三语也便见得如何"永久的支着腮"在"怀疑"。这就都带上了隐喻的意味。这些都比较生硬而复杂，只可朗读给自己听；要是教一般人听，恐怕不容易听懂。不过为己的朗读和为人的朗读却该同时并进，诗才能有独立的圆满的进展。

（三十二年，三十三年）

诗的形式

二十多年来写新诗的和谈新诗的都放不下形式的问题，直到现在，新诗的提倡从破坏旧诗词的形式下手。胡适之先生提倡自由诗，主张"自然的音节"。但那时的新诗并不能完全脱离旧诗词的调子，还有些利用小调的音节的。完全用白话调的自然不少，诗行多长短不齐，有时长到二十几个字，又多不押韵。这就很近乎散文了。那时刘半农先生已经提议"增多诗体"，他主张创造与输入双管齐下。不过没有什么人注意。十二年陆志韦先生的《渡河》出版，他试验了许多外国诗体，有相当的成功；有 篇《我的诗的躯壳》，说明他试验的情形。他似乎很注意押韵，但还是觉得长短句最好。那时正在盛行"小诗"——自由诗的极端——他的试验也没有什么人注意。这里得特别提到郭沫若先生，他的诗多押韵，诗行也相当整齐。他的诗影响很大，但似乎只在那泛神论的意境上，而不在形式上。

"自然的音节"近于散文而没有标准——除了比散文句子短些，紧凑些。一般人，不但是反对新诗的人，似乎总愿意诗距离散文远些，有它自己的面目。十四年北平《晨报·诗刊》提倡的格律诗能够风行一时，便是为此。《诗刊》主张努力于"新形式与新音节的发现"（《诗刊》弁言），代表人是徐志摩、闻一多两位先生。徐先生试验各种外国诗体，他的才气足以驾驭这些形式，所以成绩斐然。而"无韵体"的运用更能达到自然的地步。这一体可以说已经成立在中国诗里。但新理论的建立得靠闻先生。他在《诗的格律》一文里主张诗要有"建筑的美"，这包括"节的匀称""句的均齐"。要达到这种匀称和均齐，便得讲究格式、音尺、平仄、韵脚等。如他的《死水》诗的两头行：

> 这是　一沟　绝望的　死水，
> 清风　吹不起　半点　漪沦。

两行都由三个"二音尺"和一个"三音尺"组成，而安排不同。这便是"句的均齐"的一例。他也试验种种外国诗体，成绩也很好。后来又翻译白朗宁夫人十四行诗几十首，发表在《新月杂志》上，他给这种形式以"商籁体"的新译名。他是第一个使人注意"商籁"的人。

闻、徐两位先生虽然似乎只是输入外国诗体和外国诗的格律说，可是同时在创造中国新诗体，指示中国诗的新道路。他们主张的格律不像旧诗词的格律这样呆板，他们主张"相体裁衣"，多创格式。那时的诗便多向"匀称"、"均齐"一路走。但一般似乎只注意诗行的相等的字数而忽略了音尺等，驾驭文字的力量也还不足；十四行（或商籁）值得继续发展；别种外国诗体也将融化在中国诗里。这是摹仿，同时因此引起"方块诗"甚至"豆腐干诗"等嘲笑的名字。一方面有些诗行还是太长。这当儿李金发先生等的象征诗兴起了。他们不注重形式而注重词的色彩与声音。他们要充分发挥词的暗示的力量；一面创造新鲜的隐喻，一面参用文言的虚字，使读者不致滑过一个词去。他们是在向精细的地方发展。这种作风表面上似乎回到自由诗，其实不然；可是格律运动却暂时像衰歇了似的。一般的印象好像诗只须"相体裁衣"，讲格律是徒然。

但格律运动实在已经留下了不灭的影响。只看抗战以来的诗，一面虽然趋向散文化，一面却也注意"匀称"和"均齐"，不过并不一定使各行的字数相等罢了。艾青和臧克家两位先生的诗都可作例；前者似乎多注意在"匀称"上。后者却兼注意在"均齐"上。而去年出版的卞之琳先生的《十年诗草》，更使我们知道这些年里诗的格律一直有人在试验着。从陆志韦先生起始，有志试验外国种种诗体的，徐、闻两先生外，还该提到梁宗岱先生，卞先生是第五个人。他试验过的诗体大概不比徐志摩先生少。而因为有前头的人做镜子，他更能融会那些诗体来写自己的诗。第六个人是冯至先生，他的《十四行集》也在去年出版；这集子可以说建立了中国十四行的基础，使得向来怀疑这诗体的人也相信它可以在中国诗里活下去。无韵体和十四行（或商籁）值得继续发展，别种外国诗体也将融化在中国诗里。这是摹仿，同时是创造，到了头都会变成我们自己的。

　　无论是试验外国诗体或创造"新格式与新音节"，主要的是在求得适当的"匀称"和"均齐"。自由诗只能作为诗的一体而存在，不能代替"匀称""均齐"的诗体，也不能占到比后者更重要的地位。外国诗如此，中国诗不会是例外。这个为的是让诗和散文距离远些。原来诗和散文的分界，说到底并不显明，像牟雷（Murry）甚至于说这两者并没有根本的区别（见《风格问题》一书）。不过诗大概总写得比较强烈些，它比散文经济些，一方面却也比散文复沓多些。经济和复沓好像相反，其实相成。复沓是诗的节奏的主要的成分，诗歌起源时就如此，从现在的歌谣和《诗经》的《国风》都可看出。韵脚跟双声叠韵也都是复沓的表现。诗的特性似乎就在回环复沓，所谓兜圈子，说来说去，只说那一点儿。复沓不是为了要说得少，是为了要说得少而强烈些。诗随时代发展，外在的形式的复沓渐减，内在的意义的复沓渐增，于是乎讲求经济的表现——还是为了说得少而强烈些。但外在的和内在的复沓，比例尽管变化，却相依为用，相得益彰。要得到强烈的表现，复沓的形式是有力的帮手。就是写自由诗，诗行也得短些，紧凑些；而且不宜过分参差，跟散文相混。短些，紧凑些，总可以让内在的复沓多些。

　　新诗的初期重在旧形式的破坏，那些白话调都趋向于散文化。陆志韦先生虽然主张用韵，但还觉得长短句最好，也可见当时的风气。其实就中外的诗体（包括词曲）而论，长短句都不是主要的形式；就一般人的诗感而论，也是如此。现在新诗已经发展到一个程度，使我们感觉到"匀称"和"均齐"还是诗的主要的条件；这些正是外在的复沓的形式。但所谓"匀称"和"匀齐"并不要像旧诗——尤其是律诗——那样凝成定型。写诗只须注意形式上的几个原则，尽可"相体裁衣"，而且必须"相体裁衣"。

归纳各位作家试验的成果，所谓原则也还不外乎"段的匀称"和"行的匀齐"两目。段的匀称并不一定要各段形式相同。尽可甲段和丙段相同，乙段和丁段相同；或甲乙丙段依次跟丁戊己段相同。但间隔三段的复沓（就是甲乙丙丁段依次跟戊己庚辛壬段相同）便似乎太远或太琐碎些。所谓相同，指的是各段的行数，各行的长短，和韵脚的位置等。行的均齐主要在音节（就是音尺）。中国语在文言里似乎以单音节和双音节为主，在白话里似乎以双音节和三音节为主。顾亭林说过，古诗句最长不过十个字；据卞之琳先生的经验，新诗每行也只该到十个字左右，每行最多五个音节。我读过不少新诗，也觉得这是诗行最适当的长度，再长就拗口了。这里得注重轻音字，如"我的"的"的"字，"鸟儿"的"儿"字等。这种字不妨作为半个音，可以调整音节和诗行；行里有轻音字，就不妨多一个两个字的。点号却多少有些相反的作用；行里有点号，不妨少一两个字。这样，各行就不会像刀切的一般齐了。各行音节的数目，当然并不必相同，但得匀称的安排着。一行至少似乎得有两个音节。韵脚的安排有种种式样，但不外连韵和间韵两大类，这里不能详论。此外句中韵（内韵），双声叠韵，阴声阳声，开齐合撮四呼等，如能注意，自然更多帮助。这些也不难分辨。一般人难分辨的是平仄声；但平仄声的分别在新诗里并不占什么地位。

新诗的白话，跟白话文的白话一样，并不全合于口语，而且多少趋向欧化或现代化。本来文字也不能全合于口语，不过现在的白话诗文跟口语的距离比一般文字跟口语的距离确是远些；因为我们的国语正在创造中。文字不全合口语，可以使文字有独立的地位，自己的尊严。现在的白话诗文已经有了这种地位，这种尊严。象征诗的训练，使人不放松每一个词语，帮助增进了这种地位和尊严。但象征诗为要得到幽涩的调子，往往参用文言虚字，现在却似乎不必要了。当然用文言的虚字，还可以得到一些古色古香，写诗的人还可以这样做的。有些诗纯用口语，可以得着活泼亲切的效果；徐志摩先生的无韵体就能做到这地步。自由诗却并不见得更宜于口语。不过短小的自由诗不然。苏联玛耶可夫斯基的一些诗，就是这一类，从译文里也见出那精悍处。田间先生的《中国农村的故事》以至"诗传单"和"街头诗"也有这种意味。因为整个儿短小的诗形便于运用内在的复沓，比较容易成功经济的强烈的表现。

诗　韵

　　新诗开始的时候，以解放相号召，一般作者都不去理会那些旧形式。押韵不押韵自然也是自由的。不过押韵的并不少。到现在通盘看起来，似乎新诗押韵的并不比不押韵的少得很多。再说旧诗词曲的形式保存在新诗里的，除少数句调还见于初期新诗里以外，就没有别的，只有韵脚。这值得注意。新诗独独的接受了这一宗遗产，足见中国诗还在需要韵，而且可以说中国诗总在需要韵。原始的中国诗歌也许不押韵，但是自从押了韵以后，就不能完全甩开它似的。韵是有它的存在的理由的。

　　韵是一种复沓，可以帮助情感的强调和意义的集中，至于带音乐性，方便记忆，还是次要的作用。从前往往过分重视这种次要的作用，有时会让音乐淹没了意义，反觉得浮滑而不真切。即如中国读诗重读韵脚，有时也会模糊了全句；近体律绝声调铿锵，更容易如此。幸而一般总是隔句押韵，重读的韵脚不至于句句碰头。句句碰头的像"柏梁体"的七言古诗，逐句押韵，一韵到底，虽然是强调，却不免单调。所以这一体不为人所重。新诗不应该再重读韵脚，但习惯不容易改，相信许多人都还免不了这个毛病。我读老舍先生的《剑北篇》，就因为重读韵脚的原故，失去了许多意味；等听到他自己按着全句意义朗读，只将韵脚自然的带过去，这才找补了那些意味。——不过这首诗每行押韵，一韵又有许多行，似乎也嫌密些。

有人觉得韵总不免有些浮滑，而且不自然。新诗不再为了悦耳，它重在意义，得采用说话的声调，不必押韵。这也言之成理。不过全是说话的声调也就全是说话，未必是诗。英国约翰·德林瓦特（John Drinkwater）曾在《论读诗》的一张留声机片中说全用说话调读诗，诗便跑了。是的，诗该采用说话的调子；但诗的自然究竟不是说话的自然，它得加减点儿，夸张点儿，像电影里特别镜头一般，它用的是提炼的说话的调子。既是提炼而得自然，押韵也就不至于防碍这种自然。不过押韵的样式得多多变化，不可太密，不可太板，不可太响。

押韵不可太密，上文已举"柏梁体"为例。就是隔句押韵，有些人还恐怕单调，于是乎有转韵的办法；这用在古诗里，特别是七古里。五古转韵，因为句子短，隔韵近，转韵求变化，道理明白。但七古句子长，韵隔远，为甚么转韵的反而多呢？这有特别的理由。原来六朝到唐代七古多用谐调，平仄铿锵，带音乐性已经很多，转韵为的是怕音乐性过多。后来宋人作七古，多用散文化的句调，却怕音乐性过少，便常一韵到底，不换韵。所以韵的作用，归根结底，还是随着意义变的；我们就韵论韵，只是一种方便，得其大概罢了，并没有甚么铁律可言。

词的句调比较近于说话，变化多，转韵也多。可是词又出于乐歌，带着很多的音乐性，所以一般的看，用韵比较密。它以转韵调剂密韵，显明的例子如《河传》。还有一种平仄通押（如贺铸《水调歌头》"南国本潇洒，六代竞豪奢"一首，见《东山寓声乐府》）也是转韵，变化虽然不及一般转韵的大，却能保存着那一韵到底的一贯的气势，是这一体的长处。曲的句调也近于说话，但以明快为主，并因乐调的配合，都是到底一韵，不过平仄通押是有的。

词的押韵的样式最多，它还有间韵。如温庭筠的《酒泉子》道：

楚女不归，

楼枕小河春水。

月孤明，风又起。

杏花稀。

玉钗斜篸云鬟髻，

裙上镂金凤。

八行书，千里梦，

雁南飞。

（据《词律》卷三）

这里间隔的错综的押着三个韵，很像新诗；而那"稀"的"飞"两韵，简直就是新诗的"章韵"。又如苏轼的《水调歌头》的前半阕道：

> 明月几时有？把酒问青天。
>
> 不知天上宫阙今夕是何年！
>
> 我欲乘风归去，
>
> 又恐楼琼玉宇
>
> 高处不胜寒。
>
> 起舞弄清影，何似在人间！
>
> （据任二北先生《词学研究法》，与《词律》异）

这也是间隔着押两个韵。这些都是转韵，不过是新样式罢了。

诗里早有人试过间韵。晚唐章碣有所谓"变体"律诗，平仄各一韵，就是这个：

> 东南路尽吴江畔，
>
> 正是穷愁暮雨天。
>
> 鸥鹭不嫌斜雨岸，
>
> 波涛欺得逆风船。
>
> 偶逢岛寺停帆看，
>
> 深羡渔翁下钓眠。

> 今古若论英过算，
>
> 鸱夷高兴固无边。

（《全唐诗》四函一册）

章碣"变体"只存这一首，也不见别人仿作，可见并未发生影响。他的试验是失败了。失败的原因，我想是在太板太密。新诗里常押这种间韵，但是诗行节奏的变化多，行又长，就没有甚么毛病了。间韵还可以跨句。如上举《酒泉子》的"起"韵，《水调》的"字"韵，都不在意义停顿的地方，得跟下面那个不同韵的韵句合成一个意义单位。这是减轻韵脚的重量，增加意义的重量，可以称为跨句韵。这个样式也从诗里来，鲍照是创始的人。他的《梅花落》诗道：

> 中庭杂树多，偏为梅咨嗟。
>
> 问君何独然？念其霜中能作花，
>
> 霜中能作实，摇荡春风媚春日。
>
> 念尔零落逐寒风，徒有霜华无霜质！

"实"韵正是跨句韵；但这首诗只是转韵，不是间韵。现在新诗里用间韵很多，用这种跨句韵也不少。

任二北先生在《词学研究法》里论"谐于吟讽之律"，以为押韵"连者密者为谐"。他以为《酒泉子》那样押韵嫌"隔"而不连，《西平乐》后半阕"十六句只三叶韵"，嫌"疏"而不密。他说这些"于歌唱之时，容或成为别调，若于吟讽之间，则皆无取焉"。他虽只论词，但喜欢连韵和密韵，却代表着传统的一般的意见。我们一向以高响的说话和歌唱为"好听"（见王了一先生《什么话好听》一文，《国文月刊》），所以才有这个意见。但是现在的生活和外国的影响磨锐了我们的感觉；我们尤其知道诗重在意义，不只为了悦耳。那首《酒泉子》的韵倒显得新鲜而不平凡，那《西平乐》一调的疏韵也别有一种"谐"处。《词律拾遗》卷六收吴文英的《西平乐》一首，后半阕十六句中有十三个四字短句。这种句式的整齐复沓也是一种"谐"，可以减少韵的负担。所以"十六句三叶韵"并不为少。

这种疏韵除利用句式的整齐复沓外，还可与句中韵（内韵）和双声叠韵等合作，得到新鲜的和谐。疏韵和间韵都有点儿"哑"，但在哑的严肃里，意义显出了重量。新诗逐行押韵的比较少，大概总是隔行押韵或押间韵。新诗行长，这就见得韵隔远，押韵疏了。间韵能够互相调谐，从十四行体的流行可知；隔行押韵，也许加点儿花样更和谐些。新诗这样减轻了韵脚的分量，只是我们有时还不免重读韵脚的老脾气。这得靠朗读运动来矫正。新诗对于韵的态度，是现代生活和外国诗的影响，前已提及。但这新种子，如本篇所叙，也曾在我们的泥土里滋长过，只不算欣欣向荣罢了。所以这究竟也是自然的发展。

作旧诗词曲讲究选韵。这就是按着意义选押合宜的韵——指韵部，不指韵脚。周济《宋四家词选》叙论中说到各韵部的音色，就是为的选韵。他道：

> "东""真"韵宽平，"支""先"韵细腻，"鱼""歌"
> 韵缠绵，"萧""尤"韵感慨。各具声响，莫草草乱用。

这只是大概的说法，有时很得用，但不可拘执不化。因为组成意义的分子很多，韵只居其一，不可给予太多的分量。韵部的音色固然可以帮助意义的表现，韵部的通押也有这种作用，而后者还容易运用些。作新诗不宜全押本韵，全押本韵嫌太谐太响。参用通押，可以哑些，所谓"不谐之谐"——现代音乐里也参用不谐的乐句，正同一理——；而且通押时供选择的韵字也增多。不过现在的新诗作者，押韵并不查诗韵，只以自己的蓝青官话为据，又常平仄通押，倒是不谐而谐的多。不过"谐韵"也用得着。这里得提到教育部制定的《中华新韵》。这是一部标准的国音韵书，里面注明通韵。要谐，押本韵，要不谐，押通韵。有本韵书查查，比自己想韵方便得多。作方言诗自然可用方音押韵，也很新鲜别致的。新诗又常用"多字韵"或带轻音字的韵，有一种轻快利落的意味；这也在减少韵脚的重量。胡适之先生的"了字韵"创始了新诗的"多字韵"，但他似乎用得太多。

现在举卞之琳先生《傍晚》这首短诗，显示一些不平常的押韵的样式。

倚着西山的夕阳

和呆立着的庙墙

对望着：想要说什么呢？

又怎么不说呢？

驮着老汉的瘦驴

匆忙的赶回家去，

忒忒的，足蹄鼓着道儿——

枯涩的调儿！

半空里哇的一声

一只乌鸦从树顶

飞起来，可是没有话了，

依旧息下了。

按《中华新韵》，这首诗用的全是本韵。但"驴"与"去"，
"声"与"顶"是平仄通押；"阳""墙""驴""顶"都是跨句
韵；"么呢""说呢"，"道儿""调儿"，"话了""下了"，都是
"多字韵"。而"去"与"下"是轻音字，和非轻音字相押，为
的顺应全诗的说话调。轻音字通常只作"多字韵"的韵尾，不
宜与非轻音字押韵；但在要求轻快流利的说话的效用时，也不
妨有例外。

附录——诗与公众世界（译文）

（*Poetry and the Public world*）

〔阿奇保德·麦克里希（Archibald Macleish）著，
《大西洋月刊》，一九三九年六月。〕

一

诗对于政治改革的关系，使我们这一代人发生兴趣，是很有理由的。在大多数人看，诗代表着个人的强烈的私人生活；政治改革代表着社会的强烈的公众生活。个人应该，但是很难，与这种公众生活维持和平的局势。这公私的关系包含着我们这一代人所感到的一种冲突——就是一个人的私人生活与多数人的非私人生活的冲突。

但是我们这一代人，对于时下关于诗与政治改革的关系的政治的辩论，会发生兴趣，却没有什么理由。相信多数人的说，诗应该是政治改革的一部分；相信一个人的说，诗应该与政治改革无交涉。这两种看法都没有什么意味。真的问题不是诗"应该"，或不该，与政治改革发生交涉；真的问题是就诗与政治改革的性质而论，诗是否"能够"与政治改革发生交涉。我们可以说诗"应该"做这个，或不该做那个；但这话的意义只是说诗"能够"做这个，或不能做那个。因为诗除了自性的规律以外，是没有别的规律的。

所以这个问题只有从诗本身讨论，从诗的性质讨论，才是明智的办法。在讨论时，该先问诗的性质是什么；特别该注重诗在本性上是一种艺术呢，还是别的东西。如果诗是艺术，诗便能做艺术所能做的。如果不是的，诗的范围又不同。

这个题目，历来人论的很多，他们或者著书立说，或者在晚上，在走路时，以及别的机会里，闲谈到这个。一方面有些人说，诗不能是艺术因为它是"真""美""善"的启示，比艺术多点儿。在这些人看来，诗显然是不能与政治改革发生关系的；因为政治改革远在天空中，不在诗所能启示的精神里头。别方面又有些人说，诗不能是艺术，因为诗所能写出的，散文也能写出，诗不过是散文的另一写法罢了，它比艺术少点儿。在这些人看来，关于政治改革，诗也不能说什么，因为散文能说得比它好。末了儿，还有些人说，诗既不比艺术多，也不比艺术少，它只是艺术。在这些人看来，如果艺术和政治改革有交涉，诗便也与政治改革有交涉；如果艺术和政治改革没有交涉，诗也是一样。

虽然有这三种可能的意见，虽然三种意见都有许多人主张，其中还有些可尊敬的人，但这三种意见，价值却不相等。例如诗比艺术多点儿的意见，学校里差不多都教着，说英语的人民都主张着。但这个意见，读诗者却难以相信，因为这当中包含着一些定义，像最近一位英国女诗人所下的"一篇诗"的定义那样；她说一篇诗是"揭示真理的，这真理是如此基本的，如此普遍的，除了叫它'真理'，便只有叫它做'诗'，再没有别的名字配得上"。换句话说，诗不是诗篇本身，而是诗篇所指示的内容，像一张银行支票所指示的钱数似的。这里诗篇所启示的真理，就像孩子在神仙故事里所发现的那湖中小岛上教堂的井里的鸭蛋中巨人的心一样。难的是这条诗的定义只能适用于某些诗篇上。有些诗篇是"揭示真理"的。其中有好诗。多数是女人写的。但所有的诗篇并非都是这一种。例如荷马的诗，就不止"揭示真理"，还描写着人兽的形状，水的颜色，众神的复仇。各种语言里最伟大的诗篇之所以传，是因为它们的本身，并不是因为它们的道理。

同样，诗不过是一种规律化的散文，它比艺术少点儿，这意见也是难以接受的。主张这意见的人相信诗与散文只是文字形式的不同，而不是种类不同；诗只是同样事情的另一说法罢了。这样，老年诗人对少年诗人说："能用散文写的，决不要用韵文写。"教师对学生说："这是散文，因为这不是诗。"批评家对读者说："诗是死了。散文在将它赶出我们近代世界以外去。"

当然，说这些话，得相信诗只是用另一方法说出散文也能说的，只是和散文比赛的一种写作法罢了。得想着散文与诗是比赛的写作法，你才能说到散文在将诗赶出我们近代世界以外去。得想着韵文和散文是有同样功用的、可互换的方法，你才能说到能用散文写的别用韵文写。但是尝试过的人自己明白，散文和诗并非只是可互换的方法，用来说同样事情的；它们是不同的方法，用来说不同的事情的。用这种所能说的，用那种便不能说。想将一篇诗化成散文，结果不过是笨滞的一堆词儿，像坟墓中古物见风化成的尘土一样。一篇诗不是可以写点儿什么的"一种"法子，它是可以写点儿什么的"那种"法子。那可以用这种法子写出来的东西，便是诗篇。

这样说，那些人相信诗既不比艺术多，也不比艺术少，只是艺术，似乎是对了；似乎诗与政治改革的关系，这么样讨论才成。但从艺术上来看，却就难说诗与政治改革在性质上是不能有交涉的。

二

艺术是处理我们现世界的经验的，它将那种经验"当作"经验，使人能以认识。别的处理我们现世经验的方法，是将它翻成智识，或从它里头抽出道德的意义。艺术不是这种方法。艺术不是紬绎真理的技术，也不是一套符号，用来作说明的。艺术不是潜水人用来向水里看的镜子，也不是了解我们生命的究极的算学。艺术只是从经验里组织经验，目的在认识经验。它是我们自己和我们所遭遇的事情中间的译人，目的在弄清楚我们所遭遇的是些什么东西。这是从水组织水，从脸组织脸，从街车、鲜红色和死，组织街车、鲜红色和死。这是一种经验的组织，不凭别的只凭经验去了解；只凭经验，不凭意义；甚至于只凭经验，不凭真理。一件艺术品的真理只是它的组织的真理，它没有别的真理。

艺术不是选精拣肥的，它是兼容并包的。说某些经验宜于艺术，某些经验不宜于艺术，是没有这回事的。任何剧烈的，沉思的，肉感的，奇怪的，讨厌的经验，只须人要求认识，都可以用上艺术的工夫。如果所有的艺术都这样，艺术的一体的诗便也这样。没有某些"种"经验是诗所专有的；换句话说，诗使人认识的经验，并不是诗所独专的。诗使人认识的经验可以是"属于"任何事情的经验。像诗这种艺术所时常用的，这经验可以是爱的经验，或者神的意念，或者死，或者现世界的美——这美是常在的，可是对于每一新世代又常是新奇的。但这经验也可以是，而且时常是，一种很不同的经验。它可以是一种强烈的经验，需要强烈的诗句，需要惊人的诗的联想，需要紧缩的诗的描述，需要咒语般的诗的词儿。它可以是一种经验，强烈性如此之大，只有用相当的强烈性的安排才能使它成形，像紧张的飞，使翅子的振动有形有美一样。

诗对于剧烈的情感的作用，像结晶对于炼盐，方程式对于复杂的思想一般——舒散，认明，休止。词儿有不能做到的，因为它们只能说；韵律与声音有不能做到的，因为它们不能说；诗却能做到词儿、韵律与声音所不能做到的，因为它的声音和文词只是一种咒语。只有诗能以吸收推理的心思，能以解放听觉的性质，能以融会感觉表面的光怪陆离；这样，人才能授受强烈的经验，认识它，知道它。只有诗能将人们最亲密因而最不易看出的经验表现在如此的形式里，使读着的人说："对了……对了……是像那样……真是像那样。"

所以，如果诗是艺术，便没有一种宗教的规律，没有一种批评的教条，可以将人们的政治经验从诗里除外。只有一个问题：我们时代的政治经验，是需要诗的强烈性的、那种强烈的经验吗？我们时代的政治经验，是像诗，只有诗，所能赋形，所能安排，所能使人认识的经验，同样私人的，同样直接的，同样强烈的，那种经验吗？

在我们已经不是年轻人的生活中，过去有时候政治经验既不是亲密的，也不是私人的，也无所谓强烈的。在大战以前的年代，政治是外面的事情，在人们生活里不占地位，只像游戏、娱乐、辩论比赛似的。一个人生活在他的屋子里，他的街市里，他的朋友里；政治是在别的地方。公众世界是公众世界；私有世界是私有世界。那时候诗只与私有世界发生交涉。诗说到公众世界时，只从私的方面看，例如表现国家的公共问题，却只说些在王位的私有的神秘一类话。要不，它便放弃了诗的权利，投入国家的政治服务里了，像吉伯龄和不列颠帝国派诗人所曾做的。

三十年前，公众世界是公众世界，私有世界是私有世界，这是真的；三十年前，诗就性质而论，与公众世界绝少交涉，也是真的。但到了今天，这两种情形并不因此还靠得住。的确，不但我们亲眼看见，说话有权威的人也告诉我们，三十年前是

真的，现在靠不住了，而且的真理相反了。达马斯·曼
(Thomas Mann) 告诉我们，二十年前他写《一个非政治的人的
感想》的时候，他在"自由"和"文化"的名字之下，用全力
反对政治活动；现在他却能看出，"德国资产阶级想着文化人可
以是非政治的，是错了……政治的生活和社会的生活是人的生
活的部分，它们属于人的问题的全体，必得放进那整个儿里"。
我们也已开始看出这一层。我们也已开始知道，再不是公众世
界在一边，私有世界在一边了。

的确，和我们同在的公众世界已经"变成"私有世界了，
私有世界已经变成公众的了。我们从我们旁边的那些人的公众
的多数的生活里，看我们私有的个人的生活；我们从我们以前
想着是我们自己的生活里，看我们旁边那些人的生活。这就是
说，我们是活在一个革命的时代；在这时代，公众生活冲过了
私有的生命的堤防，像春潮时海水冲进了淡水池塘将一切都弄
咸了一样。私有经验的世界已经变成了群众、街市、都会、军
队、暴众的世界。众人等于一人、一人等于众人的世界，已经
代替了孤寂的行人、寻找自己的人、夜间独自呆看镜子和星星
的人的世界。单独的个人，不管他愿意与否，已经变成了包括
着奥地利、捷克斯拉夫、中国、西班牙的世界的一部分。一半
儿世界里专制魔王的胜利和民众的抵抗，在他是近在眼前，像
炉台儿上钟声的滴答一般。他的早报里所见的事情，成天在他
的血液里搅着；马德里、南京、布达格这些名字，他都熟悉得
像他亡故的亲友的名字一般。

我们自己感觉到这是实在的情形。既然我们知道这是实在的情形，我们也就知道我们问过的问题的答案了。如果我们作为社会分子的生活——那就是我们的公众生活，那就是我们的政治生活——已经变成了一种生活，可以引起我们私人的厌恶，可以引起我们私人的畏惧，也可以引起我们私人的希望；那么，我们就没有法子，只得说，对于这种生活的我们的经验，是有强烈的、私人的情感的经验了。如果对于这种生活的我们的经验，是有强烈的、私人情感的经验，那么，这些经验便是诗所能使人认识的经验了——也许只有诗才能使人认识它们呢。

三

但是如果我们知道这是实在的情形，那么，诗对于政治改革的关系整个儿问题便和普通所讨论的不同了。真正的怪事不是文学好事家所说的、他们感觉到的——他们感觉到的怪事是，公众世界与诗的关系那么少，诗里会说的那么多。真正的怪事是，公众世界与诗的关系那么多，诗里会说得那么少。需要解释的事实，不是只有少数现代诗人曾经试过，将我们时代的政治经验安排成诗；而是作这种努力的现代诗人没有一个成功的——没有一个现代诗人曾经将我们这一代人对于政治世界的经验，用诗的私人的然而普通的说法表现给我们看。有些最伟大的诗人——叶慈（Yeats）最著名——曾经触着这种经验来

111

着。但就是叶慈，也不曾将现代的政治世界经验"当作"经验表现，用经验的看法表现——他不曾将这种经验用那样的词儿，那样蕴含的意义与感觉，联系起来，让我们认识它的真相。就是叶慈，也不曾做到诗所应该做的，也不曾做到诗在别的时代所曾做到的。

哈佛的赛渥道·斯宾塞（Theodare Spencer）教授在一篇很有价值的论文《〈韩姆列特〉与实在之性质》里，曾经说明那位英国最伟大的诗人如何将他的时代的一般经验紧缩起来，安排成诗，使人认识它。他说明那使《韩姆列特》有戏剧的紧张性的现象和实在的冲突，是如何与那时代思想所特有的现象和实在的冲突联系着：那时代旧传的陶来梅的宇宙意念，和哥白尼的宇宙意念；正统的亚里斯多德派对于统治者的道德的概念，和马加费里（Machiavelli）"现实"政府的学说；再生时代对于人在自然界位置的信念，和蒙田（Montaigue）人全依赖神恩的见解：都在冲突着。莎士比亚的戏剧能以将他的同时人的道德的混乱与知识的烦闷那样的组织起来，正是一位大诗人的成就；直到我们现在，我们还能从韩姆列特这角色里认识那极端的"知识的怀疑"的经验——不过怀疑到那程度，怀疑已不可能，只能维持信仰了。真的现象也许只是表面的真理，这样信着是很痛苦的；我们现在向我们自己诉说这种痛苦，还用着他的话呢。

关于我们这一代人的经验，可以注意的是，现代诗还设有试过将我们这时代的公众的然而又是私有的生活组织成篇，让我们能以和《韩姆列特》比较着看。这件事实该使爱诗的人心烦；至于说诗误用在政治目的上，倒是不足惧的。爱诗的人解释这件事实，如果说出这样可笑的话：如果说那样的工作需要一个莎士比亚，现代诗还没有产生莎士比亚呢；那是不成的。

这工作难是真的。在一切时代，诗的组织的工作都是难的；如果所要安排的现象，以切近而论是私有的，以形式而论又是公众的，那么，这工作便差不多是人所不能堪的难。无论一些作诗的人怎么说，诗总不是一种神魔的艺术。诗人像别人一样，在能使人了解之先，自己必得了解才成。他们自己得先看清经验的形状和意义，才能将形状和意义赋给它。我们各行人中间，也有少数知道我们所生活的时代的形状和意义的。但是一团糟的无条理的知觉和有条有理的诗的知觉不同之处，便是诗的动作不同之处。这诗的动作，无论看来怎么敏捷，怎么容易，怎么愉快，却实在是一件费力的动作，和人所能成就的别的任何动作一样。这动作没有助力，没有工具，没有仪器，没有算学，没有六分仪。在这动作里，只是一个人独自和现象奋斗着，那现象是非压迫它不会露出真确的面目的。希腊布罗都斯（Proteus）（善变形的牧海牛的老人——译者）的神话是这工作的真实的神话。诗人奋斗是要将那活东西收在网里，使它不能变化，现出原形给人看——那原形就是神的形。

> 从他身上落下了那张兽皮，那海牛的形状，
>
> 那鱼的朱红色，那鲨鱼的皱皮，

> 那海豹的眼和海水淹着的脖子，
>
> 那泡沫的影子，那下潜的鳍——
>
> 他徒然的逃遁所用的那一切骗术和伪计：
>
> 他被变回他自己，海水浸得光滑滑的，还湿淋淋的呢，
>
> 神给逮住了，躺着，赤裸裸的，在捕拿的网里。

的确，奋斗者要强迫那假的现象变成真的，在像我们这样的时代是特别难。所要压迫的神，是我们从不曾见过的，甚至于那些现象，也是我们不熟悉的，那么，挡着路的不但是一个难字了。同样难的工作，从前人做成过，而且不独莎士比亚一人。诗的特殊的成就不仅限于最伟大的诗人，次等的人的作品里也见得出。

现代诗所以不能将我们时代的经验引进诗的认识里，真正的解释是在始终管着那种诗的种种影响的性质上和形成那种诗的种种范型的性质上。更确切些说，真正的解释是在这件事实上：我们称为"现代"的诗——也就是我们用"近代"这名称的诗——并不真是现代的或者近代的，它属于比我们自己时代早的时代，它在种种需要之下形成，那些需要并不是我们的。这种诗在它法国的渊源里，是属于魏尔伦（Venlaine）和拉浮格（Laforgue）以及前世纪末尾二十年；在它英国的流变里，是属于爱略式（T. S. Eliot）和爱斯拉·滂德（Ezra Pound）以及本世纪开头二十年。这种诗不是在我们自己世界的种种"人的""政治的"影响之下形成的，而是在大战前的世界的种种

"文学的"影响之下形成的。

我们所称为"现代"的诗，原来是，现在还是，一种"文学的叛变"的诗。这样的诗适于破坏经验之种种旧的诗的组织，而不适于创造经验之种种新的诗的组织。人的普通经验一代一代变化，诗里经验的种种组织也得变化。但是种种新的组织决不是一些新的起头，新的建设；它们却常是些新的改造。它们所用的物质材料——词儿、重音、字音、意义、文理——都是从前用过的：从前人用这些材料造成一些作品，现在还站得住。要用它们到新作品里，先得将它们从旧的三合土里打下来，从旧的钉子上撬下来。因为这个理由，诗里的种种改革，像别的艺术里种种改革一般，都是必需的，而且是必然会来的。凡是新世代的经验和前世代的经验相差如此之远，以致从前有用的种种"经验的组织"都成无用的时候；凡是要求着一种真不同的"经验的组织"的时候；种种旧组织是先得剥去、卸下的。

四

英国的"近代诗"，像它的法国胞胎象征派的诗似的，都是这种诗。法国号称象征派的诗人们有一件事，只有一件事，是共同的——他们都恨巴那斯派（Panasse）形式的、修饰的诗；"那有着完密的技巧，齐整的诗行，复杂的韵脚，以及希腊、罗马、印度的典故的"。他们的共同目的是，如魏尔伦所说，"要扭转'流利'的脖子"。

　　滂德是美国诗人中第一个确可称为"近代"的诗人。他也恨修饰，也是一个扯尾巴的人。滂德是破坏大家，是拆卸暗黄石门面的大家，是推倒仿法国式的别墅、仿峨特式的铁路车站的大家。他是个拆卸手，在他看，不但紧在他自己前一代的已经从容死去的诗，就连接受那种诗的整个儿世界，都是废物，都没道理，都用得着铁棍和铁锤去打碎。他是个炸药手，他不但恨那《乔治诗选》与大战前一些年的太多的诗，并且恨整个儿爱德华时代的"经验的组织"——从那时代以来，所有的经验与大部分的诗都由那组织里漏出，像家庭用旧的沙发里漏出的马毛一样，没有别的，只显着一种硬而脆的形状，狗都不愿上去，甚至恋人们也不愿坐。他像他自己说拉浮格的话，是一个精细的诗人，一个解放各民族的人，一个纽马·滂皮留斯（Numa Pompillius）（传说中罗马古代的王，相传他在混乱中即位，爱和平，制定种种礼拜仪式与僧侣规律，有助于宗教甚大——译者），一个光之父。他夜间做梦，总梦见些削去修饰的词儿，那修饰是使它们陈旧的；总梦见些光面的没油漆的词儿，那油漆曾将它们涂在金黄色的柚木上；总梦见些反剥在白松木上、带着白松香气的词儿。他以前是，现在还是，杂乱的大地之伟大的清除人之一，如果新世代不从这些方面看他，那是因为新世代不知道他所摧毁的建筑物。他的那些诗，现在只是些盖着旧建筑的、墙上的装整了，以前却一度是些工具——一些用来破坏的、带钩的铁棍，大头的铁锤，坚利的钢凿之类。

爱略忒也许因为别一些原因被人们记着，但在他写那些对这世代影响很大的诗的时候，他也是个破坏诗的形式的一把手。那时他专力打破已有的种种组合，就是词儿、影像、声音的种种"诗的"联想；他的效果甚至于比滂德还大些。他通过学院诗的玻璃窗，将那"现在时"，那寻常的近代世界，带着它的乡村的无味，星期日下午的失望，公园里长椅子上的心灰意懒，高高的捧起来；这是滂德所决不能做到的。他比滂德更其是破坏的，因为他关心的更多；滂德一向是自己活在屋子里的。爱略忒心里其实爱着他所攻击的那些学院传统，他做他所做的，是忍着苦痛，是由于一种好奇的窝里翻的复仇心，却不曾希望跟着出现一种较好的诗。他的工作不像滂德，不是澄清大地和空气，给一种不同的结构开路；他是热情的厌恶着他自己和他的时代；他是恨着那破坏的必要；他破坏，只是使人更明白那种必要是可恨的。他所恨的是他自己的时代，不是和他自己时代战斗着的"诗的过去"，这事实使他的作品有那冷酷的、激烈的自杀的预感。

近代诗是这些大家的诗，是造成这些人的大战世代与战前世代的诗。在这种诗自己的时代，它是一种需要的，有清除功用的，"文学的叛变"的诗。但它决不是能做现在所必需做的新的建设工作的诗。革命家少有能够重新建筑起他们所打倒的世界的；在革命胜利之后，继续搭着革命的架子，会产生失望与绝望——这在我们的时代是太常见了。现代诗大部分是这样继续着搭着革命的架子。爱略忒早年所取的态度和所用的熟语，早已不切用了，人们却还模仿着。这不是因为重新发现了它们的切用之处，乃是因为它们的气味可爱的缘故——冷讽是勇敢而可以不负责任的语言，否定是聪明而可以不担危险的态度。这样，滂德早年的力求新异，也还是现在的风气；不是因为滂德力求新异的种种条件还存在，是因为新异是一种可爱的"成功的标准"——只要新异，诗人便没有别的责任了。

现代诗的这种特质，便是它所以不能使我们认识我们时代的我们的经验的原因了。要用归依和凭依的态度将我们这样的经验写出来，使人认识，必需那种负责任的、担危险的语言，那种表示接受和信仰的语言。那种表示接受和信仰的、负责任的语言，在"文学的叛变"的诗，是不可能的。莎士比亚的《韩姆列特》，是接受了一个艰难的时代，证明了诗在那时代中的地位。拉浮格的"韩姆列特"，和在他以后爱略式的及现在这一代人的"韩姆列特"，是否定了一个艰难的时代，而且对于用诗表现这时代的希望，加了轻蔑的按语。非到现代诗不是"近代的"，即大战前的、"文学的叛变"的诗，非到现代诗从它自己的血脉里写出拉浮格和爱略式的"韩姆列特"，诗是不会占有我们所生活的、公众的然而私有的世界的，是不会将这世界紧缩起来，安排起来，使人认识的。到了那时候，我们自己时代的真诗，才会写出来。在英美青年诗人的作品里，已经可以看出，那时代是近了。

动乱时代

　　这是一个动乱时代。一切都在摇荡不定之中，一切都在随时变化之中。人们很难计算他们的将来，即使是最短的将来。这使一般人苦闷；这种苦闷或深或浅的笼罩着全中国，也或厚或薄的弥漫着全世界。在这一回世界大战结束的前两年，就有人指出一般人所表示的幻灭感。这种幻灭感到了大战结束后这一年，更显著了；我们中国尤其如此。

　　中国经过八年艰苦的抗战，一般人都挣扎的生活着。胜利到来的当时，我们喘一口气，情不自禁的在心头描画着三五年后可能实现的一个小康时代。我们也明白太平时代还遥远，所以先只希望一个小康时代。但是胜利的欢呼闪电似的过去了，接着是一阵阵闷雷响着。这个变化太快了，幻灭得太快了，一般人失望之余，不由得感到眼前的动乱的局势好像比抗战期中还要动乱些。再说这动乱是世界性的，像我们中国这样一个国家，大概没有足够的力量来控制这动乱；我们不能计算，甚至也难以估计，这动乱将到何时安定，何时才会出现一个小康时代。因此一般人更深沉的幻灭了。

中国向来有一治一乱相循环的历史哲学。机械的循环论，现代大概很少人相信了，然而广义的看来，相对的看来，治乱的起伏似乎可以说是史实，所谓广义的，是说不限于政治，如经济恐慌，也正是一种动乱的局势。所谓相对的，是说有大治大乱，有小治小乱；各个国家，各个社会的情形不同，却都有它们的治乱的起伏。这里说治乱的起伏，表示人类是在走着曲折的路；虽然走着曲折的路，但是总在向着目标走上前去。我相信人类有目标，因此也有进步。每一回治乱的起伏，清算起来，这里那里多多少少总有些进展的。

但是人们一般都望治而不好乱。动乱时代望小康时代，小康时代望太平时代——真正的"太平"时代，其实只是一种理想。人类向着这个理想曲折的走着；所以曲折，便因为现实与理想的冲突。现实与理想都是人类的创造，在创造的过程中，不免试验与错误，也就不免冲突。现实与现实冲突，现实与理想冲突，理想与理想冲突，样样有。从一方面看，人生充满了矛盾；从另一方面看，矛盾中却也有一致的地方。人类在种种冲突中进展。

动乱时代中冲突更多，人们感觉不安，彷徨，失望，于是乎幻灭。幻灭虽然幻灭，可还得活下去。虽然活下去，可是厌倦着，诅咒着。于是摇头，皱眉毛，"没办法！没办法"的说着，一天天混过去。可是，这如果是一个常态的中年人，他还有相当的精力，他不会甘心老是这样混过去；他要活得有意思些。他于是颓废——烟，赌，酒，女人，尽情的享乐自己。一面献身于投机事业，不顾一切原则，只要于自己有利就干。反正一切原则都在动摇，谁还怕谁？只要抓住现在，抓住自己，管什么社会国家！古诗道："我躬不阅，遑恤我后！"可以用来形容这些人。

有些人也在幻灭之余活下去，可是憎恶着，愤怒着。他们不怕幻灭，却在幻灭的遗迹上建立起一个新的理想。他们要改造这个国家，要改造这个世界。这些人大概是青年多，青年人精力足，顾虑少，他们讨厌传统，讨厌原则；而现在这些传统这些原则既在动摇之中，他们简直想一脚踢开去。他们要创造新传统，新原则，新中国，新世界。他们也是不顾一切，却不是只为自己。他们自然也免不了试验与错误。试验与错误的结果，将延续动乱的局势，还是将结束动乱局势？这就要看社会上矫正的力量和安定的力量，也就是说看他们到底抓得住现实还是抓不住。

还有些人也在幻灭之余活下去，可是对现实认识着，适应着。他们渐渐能够认识这个动乱时代，并接受这个动乱时代。他们大概是些中年人，他们的精力和胆量只够守住自己的岗位，进行自己的工作。这些人不甘颓废，可也不能担负改造的任务，只是大时代一些小人物。但是他们谨慎的调整着种种传统和原则，忠诚的保持着那些。那些传统和原则，虽然有些人要踢开去，然而其中主要的部分自有它们存在的理由。因为社会是联贯的，历史是联贯的。一个新社会不能凭空从天上掉下，它得从历来的土壤里长出。社会的安定力固然在基层的衣食住，在中国尤其是农民的衣食住；可是这些小人物对于社会上层机构的安定，也多少有点贡献。他们也许抵不住时代潮流的冲击而终于失掉自己的岗位甚至生命，但是他们所抱持的一些东西还是会存在的。

以上三类人，只是就笔者自己常见到的并且相当知道的说，自然不能包罗一切。但这三类人似乎都是这动乱时代的主要分子。笔者希望由于描写这三类人可以多少说明了这时代的局势。他们或多或少的认识了现实，也或多或少的抓住了现实；那后两类人一方面又都有着或近或远或小或大的理想。有用的是这两类人。那颓废者只是消耗，只是浪费，对于自己，对于社会都如此。那投机者扰害了社会的秩序，而终于也归到消耗和浪费一路上。到处摇头苦脸说着"没办法"的人不过无益，这些人简直是有害了。改造者自然是时代的领导人，但希望他们不至于操之过切，欲速不达。调整者原来可以与改造者相辅为用，但希望他们不至于保守太过，抱残守缺。这样维持着活的平衡，我们可以希望比较快的走入一个小良时代。

离婚问题与将来的人生

离婚这个问题，在现时算是极急切，极重要了。欧洲的离婚案件，这十数年，有增无已；而在美国，近年来离婚之多，更是骇人听闻。因此，许多研究社会学的人，都集他们的视线于这个情形上，而努力探求它的来源，和它所影响于人类社会的好坏。这确是一个与人人有密切关系的问题，我们无论是否学社会学的人，都不能不费些脑力来谋一个解决。我平日对于这问题，虽不曾做过多少研究的功夫，然自问也觉得有些浅薄的感想，因此，我敢借《妇女杂志》的《离婚问题号》把我的意思写一些出来。

据我看来，离婚这桩事情，本来是背逆人生的情志的，我们最好能弄到社会上没有发生它的必要。感情浓富的人，对于一个要好过的朋友，都舍不得和他终于做出绝交的事情来，何况对于生过恋爱的伉俪呢。就意志方面讲来，在大家结婚的时候，也万万不肯先存一个离婚的希望。自然咧，这两句话，都是就恋爱的结婚说的，不以恋爱而结合的夫妇，当然不能用这

123

些话来阻碍离婚的发生；然而现在的文明社会，男女不以恋爱而结合的，差不多只在中国——也许只在东方——是平常的现象罢了；在欧美的社会，就不能说是普通的事情。那么，何以离婚的事情，又以美国为特多呢？美国男女的结合，可算是自由极了，大概十之八九是发动于恋爱的了，而离婚的事件偏以它那里为最多，这又是什么缘故呢？我想，这也是美国的文明太没有坚固的精神上的根柢，美国人的生活太偏于物质的一个结果，不是人类自然的性向。美国人的生活，据我们东方人的眼光看来，最是枯燥可怜的。他们人与人的结合，几乎完全是出于经济的关系，就是一家内的父子弟兄，能有感情上的结合的，已经是微乎其微；经济的关系完结了之后，便可随便相离弃。我虽不敢断言他们男女的结合，也尽出于经济的关系，然据我所知的，也就如此的居多了。即说他们结合的动机，不无些微恋爱的成分，然彼此绝无浓厚的感情，那是可断言的。因为他们自幼至长，本来就未曾和那一个人有过浓挚的感情；他们的精神生命里，差不多已经没有了爱情这样东西；即有了，也不过是很稀薄的，不大容易维持的而已。虽然不免略受生理的恋爱时期的支配，然他们因种种经济上的关系，把这时期内的情爱冲动，竭力抑遏摧折它，使它不能充分的发展。我们从生理学家的研究，早知道男女的爱情，以发动于适合时期内的为最浓厚；若于这时期内爱情发动时，立即成了婚，那么，岁月的功力，只能将这浓烈的情感携带着往坚牢的方向走去。过了这适当的时期后，男女的情爱冲动，便一日日轻减了；若到了这个已就衰退的时候，才来结婚，那纵有相当的恋爱，也总不能维持长久。美国的少年，大都以未有相当的储金，或未得社会上相当的地位，故情愿自制其春情期的浓烈的情爱而延迟他们的婚事；女子一方面，也大都因择婿太苛，或不得人爱之故，而不及在适当的时期成婚，这也是很有关系的；年事高了，感情的冲动，不如从前那样热烈了，于是夫妻之间，便时时发生不能互相体贴的情愫来；积成意见，直至互不相容，于是非离婚不可。我曾经问过许多久居美国的朋友，又在许多报纸，杂志，和影戏里，知道美国的离婚案件，常常发动于家庭间极细小，极不关重要的事情。由此可知美国人的夫妇间，感情的束缚是极少的，他们看夫妻的关系，极是平常，正和极不相关的同事一般，除了合过共同的生活外，别无其他可述处。这种眼光，是非常要不得的！在这种夫妻关系看来，所谓恋爱，只是求夫求妻的导火线；既成夫妻之后，这导火线也就自然而然的熄灭了。如此的夫妻，本来可合可离，因此，他们就是一年结婚一回，一年离婚一回，也就不算一回事。

　　这以上所说的，都只是题外的话，太说多了。我要说的，不是批评美国式的离婚，而是离婚的本身，到后来能否或应否存在。我有一句话要预先声明的，就是我现时说这些话时，还是以小家庭制度为本位的；至于小家庭制度之应否打破，又是别一个问题，我这里并不曾说道。据我的意思，离婚这件事不能消灭，不能说是社会上的好现象。我们结婚如果是出于真爱情的，非受他力的压逼，我们不应当有离婚这件事情。因为我不承认人与人的爱情是自然而然地日就衰退的。拿朋友来说，凡是交情深厚的，如果没有意外的事故来伤害彼此的情感，那么，彼此的交情，只有与日俱深。人类本来有一种结合的本能；这种本能是基于感情的，在这种本能甚盛的人，并且不容理知来侵犯他。无论怎么样孤癖冷静的人，也总爱交结几个相知相爱的朋友，来伴自己，来表同情于自己。大概人类所寻求的满足，以感情上的满足为最先，而感情上的满足，则得他人来表同情于自己，也是所求之一。夫妇之结合，虽然比朋友亲密些，狎习些，多一些互相触犯的机会，也较朋友容易些生出熟习的厌倦来，然而真以恋爱结合的夫妻，则投入自己的世界，又较朋友更深切；表于自己的同情，也较朋友更浓厚，因此，更容易生出互相体贴原谅的心事来。虽然说恋爱是一种冲动，终不免随日递减其热度，然但使恋爱的根基起初是筑于很坚牢的精神生命上的，那么，结合之后，彼此共度的生活，也何尝不能以共同的兴味来维系相怜相爱的感情呢？就个人的情感看来，没有能不受回忆的感动的；经过旧游的地方，遇见久别的友人，翻检幼时所读的旧书，除了感情极冷淡的人外，总不免感觉着说不出的滋味，而对于那地方，那友人，那旧书生出倍相怜爱的感情来。对于相配偶的人，又何能无此感动。我想，因小故而离婚的人，他日见了这相离的配偶，一定很感觉着这种滋味，而不免大家后悔起来啊！

现时大家都以离婚为社会上应有的事，这大概出于现时大众的眼光太把婚姻看成法律上或社会上的事实了。其实这是大错的；婚姻的事情，必要把它推重些，必要把它看作有更深的意义——而其实它是具有更深的意义的。所谓更深的意义，就是：除了个人生理的动机而外，还有感情上的动机，使男女之结合，常含有各个人必觅一个异性人来营共同生活的要求；这个要求，不会得到暂时的满足便算罢了的。本来男女的结合，不仅是为育儿女，图性交而已；现时的社会学家，却必把这桩事情说得除这种较低的动机外，别无高尚的、坚稳的感情上的动机；彼此的结合，既然仅仅是社会上、法律上的一种寻常的现象，于是乎一离一合，都成了无关重要的，不能深深地震荡及精神生命的事情；又何怪离婚者增多呢。现在的人生，太过枯酷虚空了；我们日常的生活，几乎没有一点超越于人生以外的解愠品。长此以往，人类实在靠不住不自文明而返于野蛮；离婚不过是这种社会的自然的现象之一。我们现在所要努力的，不是要再造活泼有情味的人生么？现时的文明，说不定几年几十年之内，就要崩溃破裂，不能残存，到了那时，人生万事，都已换过了很稳固很高尚的动机，而事事必根据于理性与感情的基础上。这个世界，本来不一定是枯酷惨戚的；我们靠着自己的气力，尽可以弄到它丰华活泼，使人生尽量的得到慰安，尽量的得机会来发挥人类情爱上的本能，来制造人类的生趣。到这时候，恐怕大家只劳神苦思于结婚的条件上，而离婚这个事情，即不能消除净尽，恐怕也只是极少数的例外事情，不复能成一个问题了！这些都是我就人生的本性和现在的情形推测后来的话，也许这种推测是错的；然而据我的眼光看来，如果现在大家不向着迷误的路途走去，必有一日走到我刚才所说的路途来。至于这条路比之无家庭主义那条路，谁好谁坏，又是别一个问题，我也不往下说了。

女　人

　　白水是个老实人，又是个有趣的人。他能在谈天的时候，滔滔不绝地发出长篇大论。这回听勉子说，日本某杂志上有《女?》一文，是几个文人以"女"为题的桌话的记录。他说，"这倒有趣，我们何不也来一下?"我们说，"你先来!"他搔了搔头发道："好! 就是我先来；你们可别临阵脱逃才好。"我们知道他照例是开口不能自休的。果然，一番话费了这多时候，以致别人只有补充的工夫，没有自叙的余裕。那时我被指定为临时书记，曾将桌上所说，拉杂写下。现在整理出来，便是以下一文。因为十之八是白水的意见，便用了第一人称，作为他自述的模样；我想，白水大概不至于不承认吧。

　　老实说，我是个欢喜女人的人；从国民学校时代直到现在，我总一贯地欢喜着女人。虽然不曾受着什么"女难"，而女人的力量，我确是常常领略到的。女人就是磁石，我就是一块软铁；为了一个虚构的或实际的女人，呆呆的想了一两点钟，乃至想了一两个星期，真有不知肉味光景——这种事是屡屡有的。在

129

路上走，远远的有女人来了，我的眼睛便像蜜蜂们嗅着花香一般，直攫过去。但是我很知足，普通的女人，大概看一两眼也就够了，至多再掉一回头。像我的一位同学那样，遇见了异性，就立正——向左或向右转，仔细用他那两只近视眼，从眼镜下面紧紧追出去半日，然后看不见，然后开步走——我是用不着的。我们地方有句土话说："乖子望一眼，呆子望到晚。"我大约总在"乖子"一边了。我到无论什么地方，第一总是用我的眼睛去寻找女人。在火车里，我必走遍几辆车去发见女人；在轮船里，我必走遍全船去发见女人。我若找不到女人时，我便逛游戏场去，赶庙会去——我大胆地加一句——参观女学校去；这些都是女人多的地方。于是我的眼睛更忙了！我拖着两只脚跟着她们走，往往直到疲倦为止。

我所追寻的女人是什么呢？我所发见的女人是什么呢？这是艺术的女人。从前人将女人比作花，比作鸟，比作羔羊；他们只是说，女人是自然手里创造出来的艺术，使人们欢喜赞叹——正如艺术的儿童是自然的创作，使人们欢喜赞叹一样。不独男人欢喜赞叹，女人也欢喜赞叹；而"妒"便是欢喜赞叹的另一面，正如"爱"是欢喜赞叹的一面一样。受欢喜赞叹的，又不独是女人，男人也有。"此柳风流可爱，似张绪当年"便是好例；而"美丰仪"一语，尤为"史不绝书"？但男人的艺术气氛，似乎总要少些；贾宝玉说得好：男人的骨头是泥做的，女人的骨头是水做的。这是天命呢？还是人事呢？我现在还不得而知；只觉得事实是如此罢了。——你看，目下学绘画的"人体习作"的时候，谁不用了女人做他的模特儿呢？这不是因为女人的曲线更为可爱么？我们说，自有历史以来，女人是比男人更其艺术的；这句话总该不会错吧？所以我说，艺术的女人。所谓艺术的女人，有三种意思：是女人中最为艺术的，是女人的艺术的一面，是我们以艺术的眼去看女人。我说女人比男人更其艺术的，是一般的说法；说女人中最为艺术的，是个别的说法。——而"艺术"一词，我用它的狭义，专指眼睛的艺术而言，与绘画，雕刻，跳舞同其范类。艺术的女人便是有着美好的颜色、轮廓和动作的女人，便是她的容貌，身材，姿态，使我们看了感到"自己圆满"的女人。这里有一块天然的界碑，我所说的只是处女，少妇，中年妇人，那些老太太们，为她们的年岁所侵蚀，已上了凋零与枯萎的路途，在这一件上，已是落伍者了。女人的圆满相，只是她的"人的诸相"之一；她可以有大才能，大智慧，大仁慈，大勇毅，大贞洁等等，但都无碍于这一相。诸相可以帮助这一相，使其更臻于充实；这一相也可帮助诸相，分其圆满于它们，有时更能遮盖它们的缺处。我们之看女人，若被她的圆满相所吸引，便会不顾自己，不顾她的一切，而只陶醉于其中；这个陶醉是刹那的，无关心的，而且在沉默之中的。

我们之看女人，是欢喜而决不是恋爱。恋爱是全般的，欢喜是部分的。恋爱是整个"自我"与整个"自我"的融合，故坚深而久长；欢喜是"自我"间断片的融合，故轻浅而飘忽。这两者都是生命的趣味，生命的姿态。但恋爱是对人的，欢喜却兼人与物而言。——此外本还有"仁爱",便是"民胞物与"之怀;再进一步,"天地与我并生,万物与我为一",便是"神爱""大爱"了这种无分物我的爱,非我所要论;但在此义须立一界碑,凡伟大庄严之像,无论属人属物,足以吸引人心者,必为这种爱;而优美艳丽的光景则始在"欢喜"的阈中。至于恋爱,以人格的吸引为骨子,有极强的占有性,又与二者不同。Y君以人与物平分恋爱与欢喜,以为"喜"仅属物,"爱"乃属人;若对人言"喜",便是蔑视他的人格了。现在有许多人也以为将女人比花,比鸟,比羔羊,便是侮辱女人;赞颂女人的体态,也是侮辱女人。所以者何?便是蔑视她们的人格了!但我觉得我们若不能将"体态的美"排斥于人格之外,我们便要慢慢的说这句话!而美若是一种价值,人格若是建筑于价值的基石上,我们又何能排斥那"体态的美"呢?所以我以为只须将女人的艺术的一面作为艺术而鉴赏它,与鉴赏其他优美的自然一样;艺术与自然是"非人格"的,当然便说不上"蔑视"与否。在这样的立场上,将人比物,欢喜赞叹,自与因袭的玩弄的态度相差十万八千里,当可告无罪于天下。——只有将女人看作"玩物",才真是蔑视呢;即使是在所谓的"恋爱"之中。艺术的女人,是的,艺术的女人!我们要用惊异的眼去看她,那是一种奇迹!

我之看女人,十六年于兹了,我发现了一件事,就是将女人作为艺术而鉴赏时,切不可使她知道;无论是生疏的,是较熟悉的。因为这要引起她性的自卫的羞耻心或他种嫌恶心,她的艺术味便要变稀薄了；而我们因她的羞耻或嫌恶而关心，也就不能静观自得了。所以我们只好秘密地鉴赏；艺术原来是秘密的呀，自然的创作原来是秘密的呀。但是我所欢喜的艺术的女人，究竟是怎样的呢？您得问了。让我告诉您：我见过西洋女人，日本女人，江南江北两个女人，城内的女人，名闻浙东西的女人；但我的眼光究竟太狭了，我只见过不到半打的艺术的女人！而且其中只有一个西洋人，没有一个日本人！那西洋的处女是在Y城里一条僻巷的拐角上遇着的，惊鸿一瞥似地便过去了。其余有两个是在两次火车里遇着的，一个看了半天，一个看了两天；还有一个是在乡村里遇着的，足足看了三个月。一我以为艺术的女人第一是有她的温柔的空气；使人如听着箫管的悠扬，如嗅着玫瑰花的芬芳，如躺着在天鹅绒的厚毯上。她是如水的蜜，如烟的轻，笼罩着我们；我们怎能不欢喜赞叹呢？这是由她的动作而来的；她的一举步，一伸腰，一掠鬓，一转眼，一低头，乃至衣袂的微扬，裙幅的轻舞，都如蜜的流，风的微漾；我们怎能不欢喜赞叹呢？最可爱的是那软软的腰儿；从前人说临风的垂柳，《红楼梦》里说晴雯的"水蛇腰儿"，都是说腰肢的细软的；但我所欢喜的腰呀，简直和苏州的牛皮糖一样，使我满舌头的甜，满牙齿的软呀。腰是这般软了，手足自也有飘逸不凡之概。你瞧她的足胫多么丰满呢！从膝关节以下，渐渐的隆起，像新蒸的面包一样；后来又渐渐渐渐地缓下去了。这足胫上正罩着丝袜，淡青的？或者白的？拉得紧紧的，一些儿绉纹没有，更将那丰满的曲线显得丰满了；而那闪闪的鲜嫩的光，简直可以照出人的影子。你再往上瞧，她的两肩又多么亭匀呢！像双生的小羊似的，又像两座玉峰似的；正是秋山那般瘦，秋水那般平呀。肩以上，便到了一般人歌颂赞所集的"面目"了。我最不能忘记的，是她那双鸽子般的眼睛，伶俐到像要立刻和人说话。在惺忪微倦的时候，尤其可喜，因为正像一对睡了的褐色小鸽子。和那润泽而微红的双颊，苹果般照耀着的，恰如曙色之与夕阳，巧妙的相映衬着。再加上那覆额的，稠密而蓬松的发，像天空的乱云一般，点缀得更有情趣了。而她那甜蜜的微笑也是可爱的东西；微笑是半开的花朵，里面流溢着诗与画与无声的音乐。是的，我说的已多了；我不必将我所见的，一个人一个人分别说给你，我只将她们融合成一个 Sketch 给你看——这就是我的惊异的型，就是我所谓艺术的女子的型。但我的眼光究竟太狭了！我的眼光究竟太狭了！

在女人的聚会里，有时也有一种温柔的空气；但只是笼统的空气，没有详细的节目。所以这是要由远观而鉴赏的，与个别的看法不同；若近观时，那笼统的空气也许会消失了的。说起这艺术的"女人的聚会"，我却想着数年前的事了，云烟一般，好惹人怅惘的。在 P 城一个礼拜日的早晨，我到一所宏大的教堂里去做礼拜；听说那边女人多，我是礼拜女人去的。那教堂是男女分坐的。我去的时候，女座还空着，似乎颇遥遥的；我的遐想便去充满了每个空座里。忽然眼睛有些花了，在薄薄的香泽当中，一群白上衣，黑背心，黑裙子的女人，默默的，远远的走进来了。我现在不曾看见上帝，却看见了带着翼子的这些安琪儿了！另一回在傍晚的湖上，暮霭四合的时候，一只插着小红花的游艇里。坐着八九个雪白雪白的白衣的姑娘；湖风舞弄着她们的衣裳，便成一片浑然的白。我想她们是湖之女神，以游戏三昧，暂现色相于人间的呢！第三回在湖中的一座桥上，淡月微云之下，倚着十来个，也是姑娘，朦朦胧胧的与月一齐白着。在抖荡的歌喉里，我又遇着月姊儿的化身了！——这些是我所发见的又一型。

是的，艺术的女人，那是一种奇迹！

论无话说

编辑先生让写点稿子，先是延宕；不能再延宕了，拿起笔来；却无话说。但是得找话说，姑且就论无话说吧。

无话说这句话却"有"许多说法，各具各的意义；现在只就所想到的说。若有遗漏，盼望有人告诉我。

无话　不在话下　旧小说里常用这两句话。"无话"也许真正无话，也许有话之至，例如"一宿无话"。旧小说叙事，贵在原原本本，处处得"交代"明白，所以即便真正无话，也必说一句话以了之。现在读小说的聪明多了，这种废话，大概要淘汰掉了吧。"不在话下"原是搁下不谈。但近年来有人沿"不在眼下"的例，用作开玩笑的不敬语；说"某某如何如何，这且不在话下"，其词若有憾焉，还带点狎侮的味道。

无言　"呜呼，予欲无言。"孔子显然感慨着生了气。可是有时"予欲无言"也用成欢喜赞叹的话。至于"无言"的常义是不用说的。

不说　不谈　莫谈　"不说"就是不说；小孩子或情人的

"不说""偏不说"，也许不乐意，也许撒娇。平常说话里，从前少用"不说"，现在人痛快些，渐渐有用的。是不便说，不愿说，或不乐意说；妙在老显着一股别扭劲儿——也可以说是一种姿态。"咱们不谈吧""不谈这个吧"，有时是话不投机，有时是避人耳目。"莫谈国事"或"莫谈国是"是民国四五年间北京茶楼的标语，与"各照衣帽"同等地位。但后来似乎用开了。在茶楼上时，只是怕事的警告；用开了时却带着点愤愤不平之气了。

不能说话　不肯说话　不赞一辞　一言不发　没有话说无话可说　"现在不能说话""这儿不能说话"，是有所畏忌的样子。不会说话也叫"不能说话"；不能进言也叫"不能说话"，意思是说不进话去；不能发言也叫"不能说话"，意思是不便或不配说话。"不肯说话"也许是不愿说话，也许是不愿发言或进言。"不赞一辞"原是"不能赞一辞"，是孔子太高明之故。可是又用？作"不说什么"之意，仿佛袖手旁观似的。"一言不发"，也许不赞成，也许深沉，也许装傻，也许是个愣小子。"没有话说"有时候就是无话说，有时候是赞成；例如，"你要是出头主张，当然没有话说。""无话可说"并非无话，而是无"可说的话"。自己可说的也许别人听不懂，听不进去，也许触犯时忌，得罪人；前者可不说，后者不可说。别人乐意听的，自己也往往觉得可以不说。至于像现在这个时势，你说天下太平，没有话说，或无话可说，都成。

不用说　不敢说　不能谈　不可言　不可说　说不上没说

头 "不用说"常渎作甭说，作"自然""当然"用，作本义用时，也有读"甭"的（宁波人说"费话来"，带着宁波人的很很之情，与国语又不同）。可是若说"这件事不用说啦"，却不如说"不用提啦"。"不敢说"就是没有胆量说；但若重读"说"字，便是"说不定"的别称；例如"这边怕要败吧?""不敢说。"谈风不健叫"不能谈"；谈不上口（不值得谈）也叫"不能谈"。"不可言"略当于"眼花缭乱口难言"的"难言"，例如"妙不可言"；引申开去，也可以说"妙不可以酱油醋"。"不可说"除顺文直解外，又是法华经的名句，十足神秘气。"没说头妙用于事是"无谓"，用于人是"轻贱"；这一句也许是"江北话"。

说不出 说不得 未见世面的人，乍见世面，说不出话；气急脸红的，人，说不出话；对于题目无所知的人，说不出话。至于满肚子才学，"说不出"，满肚子苦恼"说不出"，才真够瞧的。"说不得"是禁止或讥刺之词；但如"说不得，去走一趟吧!"就是没奈何了。

不知所云 仓皇失措时，是"不知所云"；话说得乱七八糟，也是"不知所云"。

沉　默

沉默是一种处世哲学，用得好时，又是一种艺术。

谁都知道口是用来吃饭的，有人却说是用来接吻的。我说满没有错儿；但是若统计起来，口的最多的（也许不是最大的）用处，还应该是说话，我相信。按照时下流行的议论，说话大约也算是一种"宣传"，自我的宣传。所以说话彻头彻尾是为自己的事。若有人一口咬定是为别人，凭了种种神圣的名字；我却也愿意让步，请许我这样说：说话有时的确只是间接地为自己，而直接的算是为别人！

自己以外有别人，所以要说话；别人也有别人的自己，所以又要少说话或不说话。于是乎我们要懂得沉默。你若念过鲁迅先生的《祝福》，一定会立刻明白我的意思。

一般人见生人时，大抵会沉默的，但也有不少例外。常在火车轮船里，看见有些人迫不及待似地到处向人问讯，攀谈，无论那是搭客或茶房，我只有羡慕这些人的健康；因为在中国这样旅行中，竟会不感觉一点儿疲倦！见生人的沉默，大约由于原始的恐惧，但是似乎也还有别的。假如这个生人的名字，你全然不熟悉，你所能做的工作，自然只是有意或无意的防御——像防御一个敌人。沉默便是最安全的防御战略。你不一定要他知道你，更不想让他发现你的可笑的地方——一个人总有些可笑的地方不是？——你只让他尽量说他所要说的，若他是个爱说的人。末了你恭恭敬敬和他分别。假如这个生人，你愿意和他做朋友，你也还是得沉默。但是得留心听他的话，选出几处，加以简短的，相当的赞词；至少也得表示相当的同意。这就是知己的开场，或说起码的知己也可。假如这个人是你所敬仰的或未必敬仰的"大人物"，你记住，更不可不沉默！大人物的言语，乃至脸色眼光，都有异样的地方；你最好远远地坐着，让那些勇敢的同伴上前线去——自然，我说的只是你偶然地遇着或随众访问大人物的时候。若你愿意专诚拜谒，你得另想办法；在我，那却是一件可怕的事——你看看大人物与非大人物或大人物与大人物间谈话的情形，准可以满足，而不用从牙缝里进出一个字。说话是一件费神的事，能少说或不说以及应少说或不说的时候，沉默实在是长寿之一道。至于自我宣传，诚哉重要——谁能不承认这是重要呢？——但对于生人，这是白费的；他不会领略你宣传的旨趣，只暗笑你的宣传热；他会忘记得干干净净，在和你一鞠躬或一握手以后。

朋友和生人不同，就在他们能听也肯听你的说话——宣传。这不用说是交换的，但是就是交换的也好。他们在不同的程度下了解你，谅解你；他们对于你有了相当的趣味和礼貌。你的话满足他们的好奇心，他们就趣味地听着；你的话严重或悲哀，他们因为礼貌的缘故，也能暂时跟着你严重或悲哀。在后一种情形里，满足的是你；他们所真感到的怕倒是矜持的气氛。他们知道"应该"怎样做；这其实是一种牺牲，"应该"也"值得"感谢的。但是即使在知己的朋友面前，你的话也还不应该说得太多；同样的故事，情感和警句，隽语，也不宜重复的说。《祝福》就是一个好榜样。你应该相当的节制自己，不可妄想你的话占领朋友们整个的心——你自己的心，也不会让别人完全占领呀。你更应该知道怎样藏匿你自己。只有不可知，不可得的，才有人去追求；你若将所有的尽给了别人，你对于别人，对于世界，将没有丝毫意义，正和医学生实习解剖时用过的尸体一样。那时是不可思议的孤独，你将不能支持自己，而倾仆到无底的黑暗里去。一个情人常喜欢说："我愿意将所有的都献给你！"谁真知道他或她所有的是些什么呢？第一个说这句话的人，只是表示自己的慷慨，至多也只是表示一种理想；以后跟着说的，更只是"口头禅"而已。所以朋友间，甚至恋人间，沉默还是不可少的。你的话应该像黑夜的星星，不应该像除夕的爆竹——谁稀罕那彻宵的爆竹呢？而沉默有时更有诗意。譬如在下午，在黄昏，在深夜，在大而静的屋子里，短时的沉默，也许远胜于连续不断的倦怠了的谈话。有人称这种境界为"无言之美"，你瞧，多漂亮的名字！——至于所谓"拈花微笑"，那更了不起了！

可是沉默也有不行的时候。人多时你容易沉默下去，一主一客时，就不准行。你的过分沉默，也许把你的生客惹恼了，赶跑了！倘使你愿意赶他，当然很好；倘使你不愿意呢，你就得不时的让他喝茶，抽烟，看画片，读报，听话匣子，偶然也和他谈谈天气，时局——只是复述报纸的记载，加上几个不能解决的疑问——总以引他说话为度。于是你点点头，哼哼鼻子，时而叹叹气，听着。他说完了，你再给起个头，照样的听着。但是我的朋友遇见过一个生客，他是一位准大人物，因某种礼貌关系去看我的朋友。他坐下时，将两手笼起，搁在桌上。说了几句话，就止住了，两眼炯炯地直看着我的朋友。我的朋友窘极，好容易陆陆续续地找出一句半句话来敷衍。这自然也是沉默的一种用法，是上司对属僚保持威严用的。用在一般交际里，未免太露骨了；而在上述的情形中，不为主人留一些余地，更属无礼。大人物以及准大人物之可怕，正在此等处。至于应付的方法，其实倒也有，那还是沉默；只消照样笼了手，和他对看起来，他大约也就无可奈何了罢？

谈抽烟

　　有人说，"抽烟有什么好处？还不如吃点口香糖，甜甜的，倒不错。"不用说，你知道这准是外行。口香糖也许不错，可是喜欢的怕是女人孩子居多；男人很少赏识这种玩意儿的；除非在美国，那儿怕有些个例外。一块口香糖得咀嚼老半天，还是嚼不完，凭你怎么斯文，那朵颐的样子，总遮掩不住，总有点儿不雅相。这其实不像抽烟，倒像衔橄榄。你见过衔着橄榄的人？腮帮子上凸出一块，嘴里不时地滋儿滋儿的。抽烟可用不着这么费劲；烟卷儿尤其省事，随便一叼上，悠然的就吸起来，谁也不来注意你。抽烟说不上是什么味道；勉强说，也许有点儿苦吧。但抽烟的不稀罕那"苦"而稀罕那"有点儿"。他的嘴太闷了，或者太闲了，就要这么点儿来凑个热闹，让他觉得嘴还是他的。嚼一块口香糖可就太多，甜甜的，够多腻味；而且有了糖也许便忘记了"我"。

　　抽烟其实是个玩意儿。就说抽卷烟吧，你打开匣子或罐子，抽出烟来，在桌上蹾几下，衔上，擦洋火，点上。这其间每一个动作都带股劲儿，像做戏一般。自己也许不觉得，但到没有烟抽的时候，便觉得了。那时候你必然闲得无聊；特别是两只手，简直没放处。再说那吐出的烟，袅袅地缭绕着，也够你一回两回地捉摸；它可以领你走到顶远的地方去——即便在百忙当中，也可以让你轻松一会儿。所以老于抽烟的人，一叼上烟，真能悠然遐想。他霎时间是个自由自在的身子，无论他是靠在沙发上的绅士，还是蹲在台阶上的瓦匠。有时候他还能够叼着烟和人说闲话；自然有些含含糊糊的，但是可喜的是那满不在乎的神气。这些大概也算是游戏三昧吧。

好些人抽烟，为的有个伴儿。譬如说一个人单身住在北平，和朋友在一块儿，倒是有说有笑的，回家来，空屋子像水一样。这时候他可以摸出一支烟抽起来，借点儿暖气。黄昏来了，屋子里的东西只剩些轮廓，暂时懒得开灯，也可以点上一支烟，看烟头上的火一闪一闪的，像亲密的低语，只有自己听得出。要是生气，也不妨迁怒一下，使劲儿吸他十来口。客来了，若你倦了说不得话，或者找不出可说的，干坐着岂不着急？这时候最好拈起一支烟将嘴堵上等你对面的人。若是他也这么办，便尽时间在烟子里爬过去。各人抓着一个新伴儿，大可以盘桓一会儿的。

从前抽水烟旱烟，不过一种不伤大雅的嗜好，现在抽烟却成了派头。抽烟卷儿指头黄了，由他去。用烟嘴不独麻烦，也小气，又跟烟隔得那么老远的。今儿大褂上一个窟窿，明儿坎肩上一个，由他去。一支烟里的尼古丁可以毒死一个小麻雀，也由他去。总之，别别扭扭的，其实也还是个"满不在乎"罢了。烟有好有坏，味有浓有淡，能够辨味的是内行，不择烟而抽的是大方之家。

论诚意

诚伪是品性，却又是态度。从前论人的诚伪，大概就品性而言。诚实，诚笃，至诚，都是君子之德；不诚便是诈伪的小人。品性一半是生成，一半是教养；品性的表现出于自然，是整个儿的为人。说一个人是诚实的君子或诈伪的小人，是就他的行迹总算账。君子大概总是君子，小人大概总是小人。虽然说气质可以变化，盖了棺才能论定人，那只是些特例。不过一个社会里，这种定型的君子和小人并不太多，一般常人都浮沉在这两界之间。所谓浮沉，是说这些人自己不能把握住自己，不免有诈伪的时候。这也是出于自然。还有一层，这些人对人对事有时候自觉的加减他们的诚意，去适应那局势。这就是态度。态度不一定反映出品性来；一个诚实的朋友到了不得已的时候，也会撒个谎什么的。态度出于必要，出于处世的或社交的必要，常人是免不了这种必要的。这是"世故人情"的一个项目。有时可以原谅，有时甚至可以容许。态度的变化多，在现代多变的社会里也许更会使人感兴趣些。我们嘴里常说的，笔下常写的"诚恳""诚意"和"虚伪"等词，大概都是就态度说的。

但是一般人用这几个词似乎太严格了一些。照他们的看法，不诚恳无诚意的人就未免太多。而年轻人看社会上的人和事，除了他们自己以外差不多尽是虚伪的。这样用"虚伪"那个词，又似乎太宽泛了一些。这些跟老先生们开口闭口说"人心不古，世风日下"同样犯了笼统的毛病。一般人似乎将品性和态度混为一谈，年轻人也如此，却又加上了"天真""纯洁"种种幻想。诚实的品性确是不可多得，但人孰无过，不论哪方面，完人或圣贤总是很少的。我们恐怕只能宽大些，卑之无甚高论，从态度上着眼。不然无谓的烦恼和纠纷就太多了。至于天真纯洁，似乎只是儿童的本分——老气横秋的儿童实在不顺眼。可是一个人若总是那么天真纯洁下去，他自己也许还没有什么，给别人的麻烦却就太多。有人赞美"童心""孩子气"，那也只限于无关大体的小节目，取其可以调剂调剂平板的氛围气。若是重要关头也如此，那时天真恐怕只是任性，纯洁恐怕只是无知罢了。幸而不诚恳，无诚意，虚伪等等已经成了口头禅，一般人只是跟着大家信口说着，至多皱皱眉，冷笑笑，表示无可奈何的样子就过去了。自然也短不了认真的，那却苦了自己，甚至于苦了别人。年轻人容易认真，容易不满意，他们的不满意往往是社会改革的动力。可是他们也得留心．若是在诚伪的分别上认真得过了分，也许会成为虚无主义者。

人与人事与事之间各有分际，言行最难得恰如其分。诚意

147

是少不得的，但是分际不同，无妨斟酌加减点儿。种种礼数或过场就是从这里来的。有人说礼是生活的艺术，礼的本意应该如此。日常生活里所谓客气，也是一种礼数或过场。有些人觉得客气太拘形迹，不见真心，不是诚恳的态度。这些人主张率性自然。率性自然未尝不可，但是得看人去。若是一见生人就如此这般，就有点野了。即使熟人，毫无节制的率性自然也不成。夫妇算是熟透了的，有时还得"相敬如宾"，别人可想而知。总之，在不同的局势下，率性自然可以表示诚意，客气也可以表示诚意，不过诚意的程度不一样罢了。客气要大方，合身份，不然就是诚意太多；诚意太多，诚意就太贱了。

看人，请客，送礼，也都是些过场。有人说这些只是虚伪的俗套，无聊的玩意儿。但是这些其实也是表示诚意的。总得心里有这个人，才会去看他，请他，送他礼，这就有诚意了。至于看望的次数，时间的长短，请作主客或陪客，送礼的情形，只是诚意多少的分别，不是有无的分别。看人又有回看，请客有回请，送礼有回礼，也只是回答诚意。古语说得好，"来而不往非礼也"，无论古今，人情总是一样的。有一个人送年礼，转来转去，自己送出去的礼物，有一件竟又回到自己手里。他觉得虚伪无聊，当作笑谈。笑谈确乎是的，但是诚意还是有的。又一个人路上遇见一个本不大熟的朋友向他说，"我要来看你。"这个人告诉别人说，"他用不着来看我，我也知道他不会来看我，你瞧这句话才没意思哪！"那个朋友的诚意似乎是太多了。凌叔华女士写过一个短篇小说，叫作《外国规矩》，说一位青年留学生陪着一位旧家小姐上公园，尽招呼她这样那样的。她以为让他爱上了，哪里知道他行的只是"外国规矩"！这喜剧由于那位旧家小姐不明白新礼数，新过场，多估量了那位留学生的诚意。可见诚意确是有分量的。

人为自己活着，也为别人活着。在不伤害自己身份的条件下顾全别人的情感，都得算是诚恳，有诚意。这样宽大的看法也许可以使一些人活得更有兴趣些。西方有句话，"人生是做戏。"做戏也无妨，只要有心往好里做就成。客气等等一定有人觉得是做戏，可是只要为了大家好，这种戏也值得做的。另一方面，诚恳，诚意也未必不是戏。现在人常说，"我很诚恳的告诉你""我是很有诚意的"，自己标榜自己的诚恳，诚意，大有卖瓜的说瓜甜的神气，诚实的君子大概不会如此。不过一般人也已习惯自然，知道这只是为了增加诚意的分量，强调自己的态度，跟买卖人的吆喝到底不是一回事儿。常人到底是常人，得跟着局势斟酌加减他们的诚意，变化他们的态度；这就不免沾上了些戏味。西方还有句话，"诚实是最好的政策"，"诚实"也只是态度；这似乎也是一句戏词儿。

论别人

有自己才有别人，也有别人才有自己。人人都懂这个道理，可是许多人不能行这个道理。本来自己以外都是别人，可是有相干的，有不相干的。可以说是"我的"那些，如我的父母妻子，我的朋友等，是相干的别人，其余的是不相干的别人。相干的别人和自己合成家族亲友；不相干的别人和自己合成社会国家。自己也许愿意只顾自己，但是自己和别人是相对的存在，离开别人就无所谓自己，所以他得顾到家族亲友，而社会国家更要他顾到那些不相干的别人。所以"自了汉"不是好汉，"自顾自"不是好话，"自私自利""不顾别人死活""只知有己，不知有人"的，更都不是好人。所以孔子之道只是个忠恕：忠是己之所欲，以施于人，恕是"己所不欲，勿施于人"。这是一件事的两面，所以说"一以贯之"。孔子之道，只是教人为别人着想。

可是儒家有"亲亲之杀"的话，为别人着想也有个层次。家族第一，亲戚第二，朋友第三，不相干的别人挨边儿。几千年来顾家族是义务，顾别人多多少少只是义气；义务是分内，义气是分外。可是义务似乎太重了，别人压住了自己。这才来了五四时代。这是个自我解放的时代，个人从家族的压迫下挣出来，开始独立在社会上。于是乎自己第一，高于一切，对于别人，几乎什么义务也没有了似的。可是又都要改造社会，改造国家，甚至于改造世界，说这些是自己的责任。虽然是责任，却是无限的责任，爱尽不尽，爱尽多少尽多少；反正社会国家世界都可以只是些抽象名词，不像一家老小在张着嘴等着你。所以自己顾自己，在实际上第一，兼顾社会国家世界，在名义上第一。这算是义务。顾到别人，无论相干的不相干的，都只是义气，而且是客气。这些解放了的，以及生得晚没有赶上那种压迫的人，既然自己高于一切，别人自当不在眼下，而居然顾到别人，自当算是客气。其实在这些天子骄子各自的眼里，别人都似乎为自己活着，都得来供养自己才是道理。"我爱我"成为风气，处处为自己着想，说是"真"；为别人着想倒说是"假"，是"虚伪"。可是这儿"假"倒有些可爱，"真"倒有些可怕似的。

为别人着想其实也只是从自己推到别人，或将自己当作别人，和为自己着想并无根本的差异。不过推己及人，设身处地，确需要相当的勉强，不像"我爱我"那样出于自然。所谓"假"和"真"大概是这种意思。这种"真"未必就好，这种"假"也未必就是不好。读小说看戏，往往会为书中人戏中人捏一把汗，掉眼泪，所谓替古人担忧。这也是推己及人，设身处地；

可是因为人和地只在书中戏中，并非实有，没有利害可计较，失去相干的和不相干的那分别，所以"推""设"起来，也觉自然而然。作小说的演戏的就不能如此，得观察，揣摩，体贴别人的口气，身份，心理，才能达到"逼真"的地步。特别是演戏，若不能忘记自己，那非糟不可。这个得勉强自己，训练自己；训练越好，越"逼真"，越美，越能感染读者和观众。如果"真"是"自然"，小说的读者，戏剧的观众那样为别人着想，似乎不能说是"假"。小说的作者，戏剧的演员的观察，揣摩，体贴，似乎"假"，可是他们能以达到"逼真"的地步，所求的还是"真"。在文艺里为别人着想是"真"，在实生活里却说是"假""虚伪"，似乎是利害的计较使然；利害的计较是骨子，"真""假""虚伪"只是好看的门面罢了。计较利害过了分，真是像法朗士说的"关闭在自己的牢狱里"；老那么关闭着，非死不可。这些人幸而还能读小说看戏，该仔细吟味，从那里学习学习怎样为别人着想。

五四以来，集团生活发展。这个那个集团和家族一样是具体的，不像社会国家有时可以只是些抽象名词。集团生活将原不相干的别人变成相干的别人，要求你也训练你顾到别人，至少是那广大的相干的别人。集团的约束力似乎一直在增强中，自己不得不为别人着想。那自己第一，自己高于一切的信念似乎渐渐低下头去了。可是来了抗战的大时代。抗战的力量无疑的出于二十年来集团生活的发展。可是抗战以来，集团生活发展的太快了，这儿那儿不免有多少还不能够得着均衡的地方。

个人就又出了头，自己就又可以高于一切；现在却不说什么"真"和"假"了，只凭着神圣的抗战的名字做那些自私自利的事，名义上是顾别人，实际上只顾自己。自己高于一切，自己的集团或机关也就高于一切；自己肥，自己机关肥，别人瘦，别人机关瘦，乐自己的，管不着！——瘦瘪了，饿死了，活该！相信最后的胜利到来的时候，别人总会压下那些猖獗的卑污的自己的。这些年自己实在太猖獗了，总盼望压下它的头去。自然，一个劲儿顾别人也不一定好。仗义忘身，急人之急，确是英雄好汉，但是难得见。常见的不是敷衍妥协的乡愿，就是卑屈甚至谄媚的可怜虫，这些人只是将自己丢进了垃圾堆里！可是，有人说得好，人生是个比例问题。目下自己正在张牙舞爪的，且头痛医头，脚痛医脚，先来多想想别人罢！

论自己

翻开辞典，"自"字下排列着数目可观的成语，这些"自"字多指自己而言。这中间包括着一大堆哲学，一大堆道德，一大堆诗文和废话，一大堆人，一大堆我，一大堆悲喜剧。自己"真乃天下第一英雄好汉"，有这么些可说的，值得说值不得说的！难怪纽约电话公司研究电话里最常用的字，在五百次通话中会发现三千九百九十次的"我"。这"我"字便是自己称自己的声音，自己给自己的名儿。

自爱自怜！真是天下第一英雄好汉也难免的，何况区区寻常人！冷眼看去，也许只觉得那托自尊大狂妄得可笑；可是这只见了真理的一半儿。掉过脸儿来，自爱自怜确也有不得不自爱自怜的。幼小时候有父母爱怜你，特别是有母亲爱怜你。到了长大成人，"娶了媳妇儿忘了娘"，娘这样看时就不必再爱怜你，至少不必再像当年那样爱怜你。女的呢，"嫁出门的女儿，泼出门的水"；做母亲的虽然未必这样看，可是形格势禁而且鞭长莫及，就是爱怜得着，也只算找补点罢了。爱人该爱怜你？

然而爱人们的嘴一例是甜蜜的，谁能说"你泥中有我，我泥中有你!"真有那么回事儿? 赶到爱人变了太太，再生了孩子，你算成了家，太太得管家管孩子，更不能一心儿爱怜你。你有时候会病，"久病床前无孝子"，太太怕也够倦的，够烦的。住医院? 好，假如有运气住到像当年北平协和医院样的医院里去，倒是比家里强得多。但是护士们看护你，是服务，是工作；也许夹上点儿爱怜在里头. 那是"好生之德"，不是爱怜你，是爱怜"人类"。——你又不能老待在家里，一离开家，怎么着也算"作客"；那时候更没有爱怜你的。可以有朋友招呼你；但朋友有朋友的事儿，哪能教他将心常放在你身上? 可以有属员或仆役伺候你，那——说得上是爱怜么? 总而言之，天下第一爱怜自己的，只有自己；自爱自怜的道理就在这儿。

再说，"大丈夫不受人怜"。穷有穷干，苦有苦干；世界那么大，凭自己的身手，哪儿就打不开一条路? 何必老是向人愁眉苦脸唉声叹气的! 愁眉苦脸不顺耳，别人会来爱怜你? 自己免不了伤心的事儿，咬紧牙关忍着，等些日子，等些年月，会平静下去的。说说也无妨，只别不拣时候不看地方老是向人叨叨，叨叨得谁也不耐烦的岔开你或者躲开你。也别怨天怨地将一大堆感叹的句子向人身上扔过去。你怨的是天地，倒碍不着别人，只怕别人奇怪你的火气怎么这样大——自己也免不了吃别人的亏。值不得计较的，不做声吞下肚去。出入大的想法子复仇，力量不够，卧薪尝胆的准备着。可别这儿那儿尽嚷嚷——嚷嚷完了一扔开，倒便宜了那欺负你的人。"好汉胳膊折了往袖子里藏"，为的是不在人面前露怯相，要人爱怜这"苦人儿"似的，这是要强，不是装。说也怪，不受人怜的人倒是能得人怜的人；要强的人总是最能自爱自怜的人。

大丈夫也罢，小丈夫也罢，自己其实是渺乎其小的，整个儿人类只是一个小圆球上一些碳水化合物，像现代一位哲学家说的，别提一个人的自己了。庄子所谓马体一毛，其实还是放大了看的。英国有一家报纸登过一幅漫画，画着一个人，仿佛在一间铺子里，周遭陈列着从他身体里分析出来的各种原素，每种标明分量和价目，总数是五先令——那时合七元钱。现在物价涨了，怕要合国币一千元了罢？然而，个人的自己也就值区区这一千元儿！自己这般渺小，不自爱自怜着点又怎么着！然而，"顶天立地"的是自己，"天地与我并生，万物与我为一"的也是自己；有你说这些大处只是好听的话语，好看的文句？你能愣说这样的自己没有！有这么的自己，岂不更值得自爱自怜？再说自己的扩大，在一个寻常人的生活里也可见出。且先从小处看。小孩子就爱搜集各国的邮票，正是在扩大自己的世界。从前有人劝学世界语，说是可以和各国人通信。你觉得这话幼稚可笑？可是这未尝不是扩大自己的一个方向。再说这回抗战，许多人都走过了若干地方，增长了若干阅历。特别是青年人身上，你一眼就看出来，他们是和抗战前不同了，他们的自己扩大了。这样看，自己的小，自己的大，自己的由小而大。在自己都是好的。

自己都觉得自己好，不错；可是自己的确也都爱好。做官的都爱做好官，不过往往只知道爱做自己家里人的好官，自己亲戚朋友的好官；这种好官往往是自己国家的贪官污吏。做盗贼的也都爱做好盗贼——好喽咬，好伙伴，好头儿，可都只在贼窝里。有大好，有小好，有好得这样坏。自己关闭在自己的丁点大的世界里，往往越爱好越坏。所以非扩大自己不可。但是扩大自己得一圈儿一圈儿的，得充实，得踏实。别像肥皂泡儿，一大就裂。"大丈夫能屈能伸"，该屈的得屈点儿，别只顾伸出自己去。也得估计自己的力量。力量不够的话，"人一能之，己百之，人十能之，己千之"；得寸是寸，得尺是尺。总之路是有的。看得远，想得开，把得稳；自己是世界的时代的一环，别脱了节才真算好。力量怎样微弱，可是是自己的。相信自己，靠自己，随时随地尽自己的一份儿往最好里做去，让自己活得有意思，一时一刻一分一秒都有意思。这么着，自爱自怜才真是有道理的。

论做作

做作就是"佯"，就是"乔"，也就是"装"。苏北方言有"装佯"的话，"乔装"更是人人皆知。旧小说里女扮男装是乔装，那需要许多做作。难在装得像。只看坤角儿扮须生的，像的有几个？何况做戏还只在戏台上装，一到后台就可以照自己的样儿，而女扮男装却得成天儿到处那么看！侦探小说里的侦探也常在乔装，装得像也不易，可是自在得多。不过——难也罢，易也罢，人反正有时候得装。其实你细看，不但"有时候"，人简直就爱点儿装。"三分模样七分装"是说女人，男人也短不了装，不过不大在模样上罢了。装得像难，装得可爱更难；一番努力往往只落得个"矫揉造作！"所以"装"常常不是一个好名儿。

"一个做好，一个做歹"，小呢逼你出些码头钱，大呢就得让你去做那些不体面的尴尬事儿。这已成了老套子，随处可以看见。那做好的是装做好，那做歹的也装得格外歹些；一松一紧的拉住你，会弄得你啼笑皆非。这一套儿做作够受的。贫和富也可以装。贫寒人怕人小看他，家里尽管有一顿没一顿的，还得穿起好衣服在街上走，说话也满装着阔气，什么都不在乎似的。——所谓"苏空头"。其实"空头"也不止苏州有。——有钱人却又怕人家打他的主意，开口闭口说穷，他能特地去当点儿什么，拿当票给人家看。这都怪可怜见的。还有一些人，人面前老爱论诗文，谈学问，仿佛天生他一副雅骨头。装斯文其实不能算坏，只是未免"雅得这样俗"罢了。

有能耐的人，有权位的人有时不免"装模作样""装腔作势"。马上可以答应的，却得"考虑考虑"；直接可以答应的，却让你绕上几个大弯儿。论地位也只是"上不在天，下不在田"，而见客就不起身，只点点头儿，答话只喉咙里哼一两声儿。谁教你求他，他就是这么着！——"笑骂由他笑骂，好官儿什么的我自为之！"话说回来，拿身份，摆架子有时也并非全无道理。老爷太太在仆人面前打情骂俏，总不大像样，可不是得装着点儿？可是，得恰到分际，"过犹不及"。总之别忘了自己是谁！别尽拣高枝爬，一失脚会摔下来的。老想着些自己，谁都装着点儿，也就不觉得谁在装。所谓"装模做样""装腔作势"，却是特别在装别人的模样，别人的腔和势！为了抬举自己，装别人；装不像别人，又不成其为自己，也怪可怜见的。

"不痴不聋，不作阿姑阿翁"，有些事大概还是装聋作哑的好。倒不是怕担责任，更不是存着什么坏心眼儿。有些事是阿姑阿翁该问的，值得问的，自然得问；有些是无需他们问的，或值不得他们问的，若不痴不聋，事必躬亲，阿姑阿翁会做不成，至少也会不成其为阿姑阿翁。记得那儿说过美国一家大公司经理，面前八个电话，每天忙累不堪，另一家经理，室内没有电话，倒是从容不迫的。这后一位经理该是能够装聋作哑的人。"不闻不问"，有时候该是一句好话；"充耳不闻""闭目无睹"，也许可以作"无为而治"的一个注脚。其实无为多半也是装出来的。至于装作不知，那更是现代政治家外交家的惯技，报纸上随时看得见——他们却还得钩心斗角的"做姿态"，大概不装不成其为政治家外交家罢？

装欢笑，装悲泣，装嗔，装恨，装惊慌，装镇静，都很难；固然难在像，有时还难在不像而不失自然。"小心赔笑"也许能得当局的青睐，但是旁观者在恶心。可是"强颜为欢"，有心人却领会那欢颜里的一丝苦味。假意虚情的哭泣，像旧小说里妓女向客人那样，尽管一把眼泪一把鼻涕的，也只能引起读者的微笑。——倒是那"忍泪佯低面"，教人老大不忍。佯嗔薄怒是女人的"作态"，作得恰好是爱娇，所以《乔醋》是一折好戏。爱极翻成恨，尽管"恨得人牙痒痒的"，可是还不失为爱到极处。"假意惊慌"似乎是旧小说的常语，事实上那"假意"往往露出马脚。镇静更不易，秦舞阳心上有气脸就铁青，怎么也装不成，荆轲的事，一半儿败在他的脸上。淝水之战谢安装得够镇静的，可是不觉得意忘形摔折了屐齿。所以一个人喜怒不形于色，真够一辈子半辈子装的。《乔醋》是戏，其实凡装，凡做作，多少都带点儿戏味——有喜剧，有悲剧。孩子们爱说"假装"这个，"假装"那个，戏味儿最厚。他们认真"假装"，可是悲喜一场，到头儿无所为。成人也都认真的装，戏味儿却淡薄得多；戏是无所为的，至少扮戏中人的可以说是无所为，而人们的做作常常是有所为的。所以戏台上装得像的多，人世间装得像的少。戏台上装得像就有叫好儿的，人世间即使装得像，逗人爱也难。逗人爱的大概是比较的少有所为或只消极的有所为的。前面那些例子，值得我们吟味，而装痴装傻也许是值得重提的一个例子。

作阿姑阿翁得装几分痴，这装是消极的有所为；"金殿装疯"也有所为，就是积极的。历来才人名士和学者，往往带几分傻气。那傻气多少有点儿装，而从一方面看，那装似乎不大有所为，至多也只是消极的有所为。陶渊明的"我醉欲眠卿且去"说是率真，是自然；可是看魏晋人的行径，能说他不带着几分装？不过装得像，装得自然罢了。阮嗣宗大醉六十日，逃脱了和司马昭做亲家，可不也一半儿醉一半儿装？他正是"喜怒不形于色"的人，而有一向当时人多说他痴，他大概是颇能做作的罢？

装睡装醉都只是装糊涂。睡了自然不说话，醉了也多半不说话——就是说话，也尽可以装疯装傻的，给他个驴头不对马嘴。郑板桥最能懂得装糊涂，他那"难得糊涂"一个警句，真喝破了千古聪明人的秘密。还有善忘也往往是装傻，装糊涂；省麻烦最好自然是多忘记，而"忘怀"又正是一件雅事儿。到此为止，装傻，装糊涂似乎是能以逗人爱的；才人名士和学者之所以成为才人名士和学者，至少有几分就仗着他们那不大在乎的装劲儿能以逗人爱好。可是这些人也良莠不齐，魏晋名士颇有仗着装糊涂自私自利的。这就"在乎"了，有所为了，这就不再可爱了。在四川话里装糊涂称为"装疯迷窍"，北平话却带笑带骂的说"装蒜""装孙子"，可见民众是不大赏识这一套的——他们倒是下的稳着儿。

论气节

气节是我国固有的道德标准，现代还用着这个标准来衡量人们的行为，主要的是所谓读书人或士人的立身处世之道。但这似乎只在中年一代如此，青年代倒像不大理会这种传统的标准，他们在用着正在建立的新的标准，也可以叫做新的尺度。中年代一般的接受这传统，青年代却不理会它，这种脱节的现象是这种变的时代或动乱时代常有的。因此就引不起什么讨论。直到近年，冯雪峰先生才将这标准这传统作为问题提出，加以分析和批判：这是在他的《乡风与市风》那本杂文集里。

冯先生指出"士节"的两种典型：一是忠臣，一是清高之士。他说后者往往因为脱离了现实，成为"为节而节"的虚无主义者，结果往往会变了节。他却又说"士节"是对人生的一种坚定的态度，是个人意志独立的表现。因此也可以成就接近人民的叛逆者或革命家，但是这种人物的造就或完成，只有在后来的时代，例如我们的时代。冯先生的分析，笔者大体同意；对这个问题笔者近来也常常加以思索，现在写出自己的一些意见，也许可以补充冯先生所没有说道的。

气和节似乎原是两个各自独立的意念。《左传》上有"一鼓作气"的话，是说战斗的。后来所谓"士气"就是这个气，也就是"斗志"；这个"士"指的是武士。孟子提倡的"浩然之气"，似乎就是这个气的转变与扩充。他说"至大至刚"，说"养勇"，都是带有战斗性的。"浩然之气"是"集义所生"，"义"就是"有理"或"公道"。后来所谓"义气"，意思要狭隘些，可也算是"浩然之气"的分支。现在我们常说的"正义感"，虽然特别强调现实，似乎也还可以算是跟"浩然之气"联系着的。至于文天祥所歌咏的"正气"，更显然跟"浩然之气"一脉相承。不过在笔者看来两者却并不完全相同，文氏似乎在强调那消极的节。

节的意念也在先秦时代就有了，《左传》里有"圣达节，次守节，下失节"的话。古代注重礼乐，乐的精神是"和"，礼的精神是"节"。礼乐是贵族生活的手段，也可以说是目的。

他们要定等级，明分际，要有稳固的社会秩序，所以要"节"，但是他们要统治，要上统下，所以也要"和"。礼以"节"为主，可也得跟"和"配合着；乐以"和"为主，可也得跟"节"配合着。节跟和是相反相成的。明白了这个道理，我们可以说所谓"圣达节"等等的"节"，是从礼乐里引申出来成了行为的标准或做人的标准；而这个节其实也就是传统的"中道"。按说"和"也是中道，不同的是"和"重在合，"节"重在分；重在分所以重在不犯不乱，这就带上消极性了。

向来论气节的，大概总从东汉末年的党祸起头。那是所谓处士横议的时代。在野的士人纷纷的批评和攻击宦官们的贪污政治，中心似乎在太学。这些在野的士人虽然没有严密的组织，却已经在联合起来，并且博得了人民的同情。宦官们害怕了，于是乎逮捕拘禁那些领导人。这就是所谓"党锢"或"钩党"，"钩"是"钩连"的意思。从这两个名称上可以见出这是一种群众的力量。那时逃亡的党人，家家愿意收容着，所谓"望门投止"，也可以见出人民的态度，这种党人，大家尊为气节之士。气是敢作敢为，节是有所不为——有所不为也就是不合作。这敢作敢为是以集体的力量为基础的，跟孟子的"浩然之气"与世俗所谓"义气"只注重领导者的个人不一样。后来宋朝几千太学生请愿罢免奸臣，以及明朝东林党的攻击宦官，都是集体运动，也都是气节的表现。

　　但是这种表现里似乎积极的"气"更重于消极的"节"。

　　在专制时代的种种社会条件之下，集体的行动是不容易表现的，于是士人的立身处世就偏向了"节"这个标准。在朝的要做忠臣。这种忠节或是表现在冒犯君主尊严的直谏上，有时因此牺牲性命；或是表现在不做新朝的官甚至以身殉国上。忠而至于死，那是忠而又烈了。在野的要做清高之士，这种人表示不愿和在朝的人合作，因而游离于现实之外；或者更逃避到山林之中，那就是隐逸之士了。这两种节，忠节与高节，都是个人的消极的表现。忠节至多造就一些失败的英雄，高节更只能造就一些明哲保身的自了汉，甚至于一些虚无主义者。原来气是动的，可以变化。我们常说志气，志是心之所向，可以在四方，可以在千里，志和气是配合着的。节却是静的，不变的；所以要"守节"，要不"失节"。有时候节甚至于是死的，死的节跟活的现实脱了榫，于是乎自命清高的人结果变了节，冯雪峰先生论到周作人，就是眼前的例子。从统治阶级的立场看，"忠言逆耳利于行"，忠臣到底是卫护着这个阶级的，而清高之士消纳了叛逆者，也是有利于这个阶级的。所以宋朝人说"饿死事小，失节事大"，原先说的是女人，后来也用来说士人，这正是统治阶级代言人的口气，但是也表示着到了那时代士的个人地位的增高和责任的加重。

"士"或称为"读书人"，是统治阶级最下层的单位，并非"帮闲"。他们的利害跟君相是共同的，在朝固然如此，在野也未尝不如此。固然在野的处士可以不受君臣名分的束缚，可以"不事王侯，高尚其事"，但是他们得吃饭，这饭恐怕还得靠农民耕给他们吃，而这些农民大概是属于他们做官的祖宗的遗产的。"躬耕"往往是一句门面话，就是偶然有个把真正躬耕的如陶渊明，精神上或意识形态上也还是在负着天下兴亡之责的士，陶的《述酒》等诗就是证据。可见处士虽然有时横议，那只是自家人吵嘴闹架，他们生活的基础一般的主要的还是在农民的劳动上，跟君主与在朝的大夫并无两样，而一般的主要的意识形态，彼此也是一致的。

然而士终于变质了，这可以说是到了民国时代才显著。从清朝末年开设学校，教员和学生渐渐加多，他们渐渐各自形成一个集团；其中有不少的人参加革新运动或革命运动，而大多数也倾向着这两种运动。这已是气重于节了。等到民国成立，理论上人民是主人，事实上是军阀争权。这时代的教员和学生意识着自己的主人身份，游离了统治的军阀；他们是在野，可是由于军阀政治的腐败，却渐渐获得了一种领导的地位。他们虽然还不能和民众打成一片，但是已经在渐渐的接近民众。五四运动划出了一个新时代。自由主义建筑在自由职业和社会分工的基础上。教员是自由职业者，不是官，也不是候补的官。学生也可以选择多元的职业，不是只有做官一路。他们于是从统治阶级独立，不再是"士"或所谓"读书人"，而变成了"知识分子"，集体的就是"知识阶级"。残余的"士"或"读书人"自然也还有，不过只是些残余罢了。这种变质是中国现代化的过程的一段，而中国的知识阶级在这过程中也曾尽了并且还在想尽他们的任务，跟这时代世界上别处的知识阶级一样，也分享着他们一般的运命。若用气节的标准来衡量，这些知识分子或这个知识阶级开头是气重于节，到了现在却又似乎是节重于气了。

知识阶级开头凭着集团的力量勇猛直前，打倒种种传统，那时候是敢作敢为一股气。可是这个集团并不大，在中国尤其如此，力量到底有限，而与民众打成一片又不容易，于是碰到集中的武力，甚至加上外来的压力，就抵挡不住。而一方面广大的民众抬头要饭吃，他们也没法满足这些饥饿的民众。他们于是失去了领导的地位，逗留在这夹缝中间，渐渐感觉着不自由，闹了个"四大金刚悬空八只脚"。他们于是只能保守着自己，这也算是节罢；也想缓缓的落下地去，可是气不足，得等着瞧。可是这里的是偏于中年一代。青年代的知识分子却不如此，他们无视传统的"气节"，特别是那种消极的"节"，替代的是"正义感"，接着"正义感"的是"行动"，其实"正义感"是合并了"气"和"节"，"行动"还是"气"。这是他们的新的做人的尺度。等到这个尺度成为标准，知识阶级大概是还要变质的罢？

论吃饭

我们有自古流传的两句话：一是"衣食足则知荣辱"，见于《管子·牧民》篇，一是"民以食为天"，是汉朝郦食其说的。这些都是从实际政治上认出了民食的基本性，也就是说从人民方面看，吃饭第一。另一方面，告子说，"食色，性也"，是从人生哲学上肯定了食是生活的两大基本要求之一。《礼记·礼运》篇也说到"饮食男女，人之大欲存焉"，这更明白。照后面这两句话，吃饭和性欲是同等重要的，可是照这两句话里的次序，"食"或"饮食"都在前头，所以还是吃饭第一。

这吃饭第一的道理，一般社会似乎也都默认。虽然历史上没有明白的记载，但是近代的情形，据我们的耳闻目见，似乎足以教我们相信从古如此。例如苏北的饥民群到江南就食，差不多年年有。最近天津《大公报》登载的费孝通先生的《不是崩溃是瘫痪》一文中就提到这个。这些难民虽然让人们讨厌，可是得给他们饭吃。给他们饭吃固然也有一二成出于慈善心，就是恻隐心，但是八九成是怕他们，怕他们铤而走险，"小人穷斯滥矣"，什么事做不出来！给他们吃饭，江南人算是认了。

可是法律管不着他们吗？官儿管不着他们吗？干吗要怕要认呢？可是法律不外乎人情，没饭吃要吃饭是人情，人情不是法律和官儿压得下的。没饭吃会饿死，严刑峻罚大不了也只是个死，这是一群人，群就是力量：谁怕谁！在怕的倒是那些有饭吃的人们，他们没奈何只得认点儿。所谓人情，就是自然的需求，就是基本的欲望，其实也就是基本的权利。但是饥民群还不自觉有这种权利，一般社会也还不会认清他们有这种权利；饥民群只是冲动的要吃饭，而一般社会给他们饭吃，也只是默认了他们的道理，这道理就是吃饭第一。

三十年夏天笔者在成都住家，知道了所谓"吃大户"的情形。那正是青黄不接的时候，天又干，米粮大涨价，并且不容易买到手。于是乎一群一群的贫民一面抢米仓，一面"吃大户"。他们开进大户人家，让他们煮出饭来吃了就走。这叫作"吃大户"。"吃大户"是和平的手段，照惯例是不能拒绝的，虽然被吃的人家不乐意。当然真正有势力的尤其有枪杆的大户，穷人们也识相，是不敢去吃的。敢去吃的那些大户，被吃了也只好认了。那回一直这样吃了两三天，地面上一面赶办平粜，一面严令禁止，才打住了。据说这"吃大户"是古风；那么上文说的饥民就食，该更是古风罢。

但是儒家对于吃饭却另有标准。孔子认为政治的信用比民食更重，孟子倒是以民食为仁政的根本；这因为春秋时代不必争取人民，战国时代就非争取人民不可。然而他们论到士人，却都将吃饭看作一个不足重轻的项目。孔子说，"君子同穷"，说吃粗饭，喝冷水、"乐在其中"，又称赞颜同吃喝不够，"不改其乐"。道学家称这种乐处为"孔颜乐处"，他们教人"寻孔颜乐处"，学习这种为理想而忍饥挨饿的精神。这理想就是孟子说的"穷则独善其身，达则兼善天下"，也就是所谓"节"和"道"。孟子一方面不赞成告子说的"食色，性也"，一方面在论"大丈夫"的时候列入了"贫贱不能移"一个条件。战国时代的"大丈夫"，相当于春秋时的"君子"，都是治人的劳心的人。这些人虽然也有饿饭的时候，但是一朝得了时，吃饭是不成问题的，不像小民往往一辈子为了吃饭而挣扎着。因此士人就不难将道和节放在第一，而认为吃饭好像是一个不足重轻的项目了。

伯夷、叔齐据说反对周武王伐纣，认为以臣伐君，因此不食周粟，饿死在首阳山。这也是只顾理想的节而不顾吃饭的。配合着儒家的理论，伯夷、叔齐成为士人立身的一种特殊的标准。所谓特殊的标准就是理想的最高的标准；士人虽然不一定人人都要做到这地步，但是能够做到这地步最好。

经过宋朝道学家的提倡，这标准更成了一般的标准，士人连妇女都要做到这地步。这就是所谓"饿死事小，失节事大"。这句话原来是论妇女的，后来却扩而充之普遍应用起来，造成了无数的惨酷的愚蠢的殉节事件。这正是"吃人的礼教"。人不吃饭，礼教吃人，到了这地步总是不合理的。

士人对于吃饭却还有另一种实际的看法。北宋的宋郊、宋祁兄弟俩都做了大官，住宅挨着。宋祁那边常常宴会歌舞，宋

171

郊听不下去，教人和他弟弟说，问他还记得当年在和尚庙里咬菜根否？宋祁却答得妙：请问当年咬菜根是为什么来着！这正是所谓"吃得苦中苦，方为人上人"。做了"人上人"，吃得好，穿得好，玩儿得好；"兼善天下"于是成了个幌子。照这个看法，忍饥挨饿或者吃粗饭、喝冷水，只是为了有朝一日可以大吃大喝，痛快的玩儿。吃饭第一原是人情，大多数士人恐怕正是这么在想。不过宋郊、宋祁的时代，道学刚起头，所以宋祁还敢公然表示他的享乐主义；后来士人的地位增进，责任加重，道学的严格的标准掩护着也约束着在治者地位的士人，他们大多数心里尽管那么在想，嘴里却就不敢说出。嘴里虽然不敢说出，可是实际上往往还是在享乐着。于是他们多吃多喝，就有了少吃少喝的人；这少吃少喝的自然是被治的广大的民众。

民众，尤其农民，大多数是听天由命安分安己的，他们惯于忍饥挨饿，几千年来都如此。除非到了最后关头，他们是不会行动的。他们到别处就食，抢米，吃大户，甚至于造反，都是被逼得无路可走才如此。这里可以注意的是他们不说话；"不得了"就行动，忍得住就沉默。他们要饭吃，却不知道自己应该有饭吃；他们行动，却觉得这种行动是不合法的，所以就索性不说什么话。说话的还是士人。他们由于印刷的发明和教育的发展等等，人数加多了，吃饭的机会可并不加多，于是许多人也感到吃饭难了。这就有了"世上无如吃饭难"的慨叹。虽然难，比起小民来还是容易。因为他们究竟属于治者，"百足之虫，死而不僵"，有的是做官的本家和亲戚朋友，总得给口饭吃；这饭并且总比小民吃的好。孟子说做官可以让"所识穷乏者得我"，自古以来做了官就有引用穷本家穷亲戚穷朋友的义务。到了民国，黎元洪总统更提出了"有饭大家吃"的话。这真是"菩萨"心肠，可是当时只当作笑话。原来这句话说在一位总统嘴里，就是贤愚不分，赏罚不明，就是糊涂。然而到了那时候，这句话却已经藏在差不多每一个士人的心里。难得的倒是这糊涂！

第一次世界大战加上五四运动，带来了一连串的变化，中华民国在一颠一拐的走着之字路，走向现代化了。我们有了知识阶级，也有了劳动阶级，有了索薪，也有了罢工，这些都在要求"有饭大家吃"。知识阶级改变了士人的面目，劳动阶级改变了小民的面目，他们开始了集体的行动；他们不能再安贫乐道了，也不能再安分守己了，他们认出了吃饭是天赋人权，公开的要饭吃，不是大吃大喝，是够吃够喝，甚至于只要有吃有喝。然而这还只是刚起头。到了这次世界大战当中，罗斯福总统提出了四大自由，第四项是"免于匮乏的自由"。"匮乏"自然以没饭吃为首，人们至少该有免于没饭吃的自由。这就加强了人民的吃饭权，也肯定了人民的吃饭的要求；这也是"有饭大家吃"，但是着眼在平民，在全民，意义大不同了。

抗战胜利后的中国，想不到吃饭更难，没饭吃的也更多了。到了今天一般人民真是不得了，再也忍不住了，吃不饱甚至没饭吃，什么礼义什么文化都说不上。这日子就是不知道吃饭权也会起来行动了，知道了吃饭权的，更怎么能够不起来行动，要求这种"免于匮乏的自由"呢？于是学生写出"饥饿事大，读书事小"的标语，工人喊出"我们要吃饭"的口号。这是我们历史上第一回一般人民公开的承认了吃饭第一。这其实比闷在心里糊涂的骚动好得多；这是集体的要求，集体是有组织的，有组织就不容易大乱了。可是有组织也不容易散；人情加上人权，这集体的行动是压不下也打不散的，直到大家有饭吃的那一天。

论不满现状

那一个时代事实上总有许许多多不满现状的人。现代以前，这些人怎样对付他们的"不满"呢？在老百姓是怨命，怨世道，怨年头。年头就是时代，世道由于气数，都是机械的必然；主要的还是命，自己的命不好，才生在这个世道里，这个年头上，怪谁呢！命也是机械的必然。这可以说是"怨天"，是一种定命论。命定了吃苦头，只好吃苦头，不吃也得吃。读书人固然也怨命，可是强调那"时世日非""人心不古"的慨叹，好像"人心不古"才"时世日非"的。这可以说是"怨天"而兼"尤人"，主要的是"尤人"。人心为什么会不古呢？原故是不行仁政，不施德教，也就是贤者不在位，统治者不好。这是一种唯心的人治论。可是贤者为什么不在位呢？人们也只会说"天实为之"！这就又归到定命论了。可是读书人比老百姓强，他们可以做隐士，啸傲山林，让老百姓养着；固然没有富贵荣华，却不至于吃着老百姓吃的那些苦头。做隐士可以说是不和统治者合作，也可以说是扔下不管。所谓"穷则独善其身"，一般就是这个意思。既然"独善其身",自然就管不着别人死活和天下兴亡了。于是老百姓不满现状而忍下去,读书人不满现状而避开去,结局是维持现状,让统治者稳坐江山。

但是读书人也要"达则兼善天下"。从前时代这种"达"就是"得君行道";真能得君行道,当然要多多少少改变那自己不满别人也不满的现状。可是所谓别人,还是些读书人;改变现状要以增加他们的利益为主,老百姓只能沾些光,甚至于只担个名儿。若是太多照顾到老百姓,分了读书人的利益,读书人会得更加不满,起来阻挠改变现状;他们这时候是宁可维持现状的。宋朝王安石变法,引起了大反动,就是个显明的例子。有些读书人虽然不能得君行道,可是一辈子憧憬着有这么一天。到了既穷且老,眼看着不会有这么一天了,他们也要著书立说,希望后世还可以有那么一天,行他们的道,改变改变那不满人意的现状。但是后世太渺茫了,自然还是自己来办的好,哪怕只改变一点儿,甚至于只改变自己的地位,也是好的。况且能够著书立说的究竟不太多;著书立说诚然渺茫,还是一条出路,连这个也不能,那一腔子不满向哪儿发泄呢!于是乎有了失志之士或失意之士。这种读书人往往不择手段,只求达到目的。政府不用他们,他们就去依附权门,依附地方政权,依附割据政权,甚至于和反叛政府的人合作;极端的甚至于甘心去做汉奸,像刘豫、张邦昌那些人。这种失意的人往往只看到自己或自己的一群的富贵荣华,没有原则,只求改变,甚至于只求破坏,他们好在浑水里捞鱼。这种人往往少有才,挑拨离间,诡计多端，可是得依附某种权力，才能发生作用；他们只能做俗话说的"军师"。统治者却又讨厌又怕这种人，他们是捣乱鬼！但是可能成为这种人的似乎越来越多，又杀不尽，于是只好给些闲差，给些干薪，来绥靖他们，吊着他们的口味。这叫作"养士"，为的正是维持现状，稳坐江山。

然而老百姓的忍耐性，这里面包括韧性和惰性，虽然很大，却也有个限度。"狗急跳墙"，何况是人！到了现状坏到怎么吃苦还是活不下去的时候，人心浮动，也就是情绪高涨，老百姓本能的不顾一切的起来了，他们要打破现状。他们不知道怎样改变现状，可是一股子劲先打破了它再说，想着打破了总有希望些。这种局势，规模小的叫"民变"，大的就是"造反"。农民是主力，他们有他们自己的领导人。在历史上这种"民变"或"造反"并不少，但是大部分都给暂时的压下去了，统治阶级的史官往往只轻描淡写的带几句，甚至于削去不书，所以看来好像天下常常太平似的。然而汉明两代都是农民打出来的天下，老百姓的力量其实是不可轻视的。不过汉明两代虽然是老百姓自己打出来的，结局却依然是一家一姓稳坐江山；而这家人坐了江山，早就失掉了农民的面目，倒去跟读书人一鼻孔出气。老百姓出了一番力，所得的似乎不多。是打破了现状，可又复原了现状，改变是很少的。至于权臣用篡弑，军阀靠武力，夺了政权，换了朝代，那改变大概是更少了罢。

过去的时代以私人为中心，自己为中心，读书人如此，老百姓也如此。所以老百姓打出来的天下还是归于一家一姓，落到读书人的老套里。从前虽然也常说"众擎易举""众怒难犯"，也常说"爱众""得众"，然而主要的是"一人有庆，万众赖之"的，"天与人归"的政治局势，那"众"其实是"一盘散沙"而已。现在这时代可改变了。不论叫"群众""公众""民众""大众"，这个"众"的确已经表现一种力量；这种力量从前固然也潜在着，但是非常微弱，现在却强大起来，渐渐足以和统治阶级对抗了，而且还要一天比一天强大。大家在内忧外患里增加了知识和经验，知道了"团结就是力量"，他们渐渐在扬弃那机械的定命论，也渐渐在扬弃那唯心的人治论。一方面读书人也渐渐和统治阶级拆伙，变质为知识阶级。他们已经不能够找到一个角落去不闻理乱的隐居避世，又不屑做也幸而已经没有地方去做"军师"。他们又不甘心做那被人"养着"的"士"，而知识分子又已经太多，事实上也无法"养"着这么大量的"士"。他们只有凭自己的技能和工作来"养"着自己。早些年他们还可以暂时躲在所谓象牙塔里。到了现在这年头，象牙塔下已经变成了十字街，而且这塔已经开始在拆卸了。于是乎他们恐怕只有走出来，走到人群里。大家一同苦闷在这活不下去的现状之中。如果这不满人意的现状老不改变，大家恐怕忍不住要联合起来动手打破它的。重要的是打破之后改变成什么样子？这真是个空前的危疑震撼的局势，我们得提高警觉来应付的。

论且顾眼前

俗语说，"火烧眉毛，且顾眼前。"这句话大概有了年代，我们可以说是人们向来如此。这一回抗战，火烧到了每人的眉毛，"且顾眼前"竟成了一般的守则，一时的风气，却是向来少有的。但是抗战时期大家还有个共同的"胜利"的远景，起初虽然朦胧，后来却越来越清楚。这告诉我们，大家且顾眼前也不妨，不久就会来个长久之计的。但是惨胜了，战祸起在自己家里，动乱比抗战时期更甚，并且好像没个完似的。没有了共同的远景；有些人简直没有远景，有些人有远景，却只是片段的，全景是在一片朦胧之中。可是火烧得更大了，更快了，能够且顾眼前就是好的，顾得一天是一天，谁还想到什么长久之计！可是这种局面能以长久的拖下去吗？我们是该警觉的。

且顾眼前，情形差别很大。第一类是只顾享乐的人，所谓"今朝有酒今朝醉"。这种人在抗战中大概是些发国难财的人，在胜利后大概是些发接收财或胜利财的人。他们巧取豪夺得到财富，得来的快，花去的也就快。这些人虽然原来未必都是贫

179

儿，暴富却是事实。时势老在动荡，物价老在上涨，倘来的财富若是不去运用或花销，转眼就会两手空空儿的！所谓运用，大概又趋向投机一路；这条路是动荡的，担风险的。在动荡中要把握现在，自己不吃亏，就只有享乐了。享乐无非是吃喝嫖赌，加上穿好衣服，住好房子。传统的享乐方式不够阔的，加上些买办文化，洋味儿越多越好，反正有的是钱。这中间自然有不少人享乐一番之后，依旧还我贫儿面目，再吃苦头。但是也有少数豪门，凭借特殊的权位，浑水里摸鱼，越来越富，越花越有。财富集中在他们手里，享乐也集中在他们手里。于是富的富到三十三天之上，贫的贫到十八层地狱之下。现在的穷富悬殊是史无前例的；现在的享用娱乐也是史无前例的。但是大多数在饥饿线上挣扎的人能以眼睁睁白供养着这班骄奢淫逸的人尽情的自在的享乐吗？有朝一日——唉，让他们且顾眼前罢！

第二类是苟安且夕的人。这些人未尝不想工作，未尝不想做些事业，可是物质环境如此艰难，社会又如此不安定，谁都贪图近便，贪图速成，他们也就见风使舵，凡事一混了之。"混事"本是一句老话，也可以说是固有文化；不过向来多半带着自谦的意味，并不以为"混"是好事，可以了此一生。但是目下这个"混"似乎成为原则了。困难太多，办不了，办不通，只好马马虎虎，能推就推，不能推就拖，不能拖就来个偷工减料，只要门面敷衍得过就成，管它好坏，管它久长不久长，不好不要紧，只要自己不吃亏！从前似乎只有年纪老资格老的人这么混。现在却连许多青年人也一道同风起来。这种不择手段，只顾眼前，已成风气。谁也说不准明天的事儿，只要今天过去就得了，何必认真！认真又有什么用！只有一些书呆子和准书呆子还在他们自己的岗位上死气白赖的规规矩矩的工作。但是战讯接着战讯，越来越艰难，越来越不安定，混的人越来越多，靠这一些书呆子和准书呆子能够撑得住吗？大家老是这么混着混着，有朝一日垮台完事。蝼蚁尚且贪生，且顾眼前，苟且偷生，这心情是可以了解的；然而能有多长久呢？只顾眼前的人是不想到这个的。

第三类是穷困无告的人。这些人在饥饿线上挣扎着，他们只能顾到眼前的衣食住，再不能够顾到别的；他们甚至连眼前的衣食住都顾不周全，哪有工夫想别的呢？这类人原是历来就有的，正和前两类人也是历来就有的一样，但是数量加速的增大，却是可忧的也可怕的。这类人跟第一类人恰好是两极端，第一类人增大的是财富的数量，这一类人增大的是人员的数量——第二类人也是如此。这种分别增大的数量也许终于会使历史变质的罢？历史上主持国家社会长久之计或百年大计的原只是少数人；可是在比较安定的时代，大部分人都还能够有个打算，为了自己的家或自己。有两句古语说，"一年之计在于春，一日之计在于晨"，这大概是给农民说的。无论是怎样的穷打算，苦打算，能有个打算，总比不能有打算心里舒服些。现在确是到了人人没法打算的时候；"一日之计"还可以有，但是显然和从前的"一日之计"不同了，因为"今日不知明日事"，这"一日"恐怕真得限于一了。在这种局面下"百年大计"自然更谈不上。不过那些豪门还是能够有他们的打算的，他们不但能够打算自己一辈子，并且可以打算到子孙。因为即使大变来了，他们还可以溜到海外做寓公去。这班人自然是满意现状的。第二类人虽然不满现状，却也害怕破坏和改变，因为他们觉着那时候更无把握。第三类人不用说是不满现状的。然而除了一部分流浪型外，大概都信天任命，愿意付出大的代价取得那即使只有丝毫的安定；他们也害怕破坏和改变。因此"且顾眼前"就成了风气，有的豪夺着，有的鬼混着，有的空等着。然而还有一类顾眼前而又不顾眼前的人。

我们向来有"及时行乐"一句话，但是陶渊明《杂诗》说，"及时当勉励，岁月不待人"，同是教人"及时"，态度却大不一样。"及时"也就是把握现在；"行乐"要把握现在，努力也得把握现在。陶渊明指的是个人的努力，目下急需的是大家的努力。在没有什么大变的时代，所谓"百世可知"，领导者努力的可以说是"百年大计"；但是在这个动乱的时代，"百年"是太模糊太空洞了，为了大家，至多也只能几年几年的计划着，才能够踏实的努力前去。这也是"及时"，把握现在，说是另一意义的"且顾眼前"也未尝不可；"且顾眼前"本是救急，目下需要的正是救急，不过不是各人自顾自的救急，更不是从救急转到行乐上罢了。不过目下的中国，连几年计划也谈不上。于是有些人，特别是青年一代，就先从一般的把握现在下手。这就是努力认识现在，暴露现在，批评现在，抗议现在。他们在试验，难免有错误的地方。而在前三类人看来，他们的努力却难免向着那可怕的可忧的破坏与改变的路上去，那是不顾眼前的！但是，这只是站在自顾自的立场上说话，若是顾到大家，这些人倒是真正能够顾到眼前的人。

论雅俗共赏

陶渊明有"奇文共欣赏，疑义相与析"的诗句，那是一些"素心人"的乐事，"素心人"当然是雅人，也就是士大夫。这两句诗后来凝结成"赏奇析疑"一个成语，"赏奇析疑"是一种雅事，俗人的小市民和农家子弟是没有份儿的。然而又出现了"雅俗共赏"这一个成语，"共赏"显然是"共欣赏"的简化，可是这是雅人和俗人或俗人跟雅人一同在欣赏，那欣赏的大概不会还是"奇文"罢。这句成语不知道起于什么时代，从语气看来，似乎雅人多少得理会到甚至迁就着俗人的样子，这大概是在宋朝或者更后罢。

原来唐朝的安史之乱可以说是我们社会变迁的一条分水岭。在这之后，门第迅速的垮了台，社会的等级不像先前那样固定了，"士"和"民"这两个等级的分界不像先前的严格和清楚了，彼此的分子在流通着，上下着。而上去的比下来的多，士人流落民间的究竟少，老百姓加入士流的却渐渐多起来。王侯将相早就没有种了，读书人到了这时候也没有种了；只要家里能够勉强供给一些，自己有些天分，又肯用功，就是个"读书种子"；去参加那些公开的考试，考中了就有官做，至少也落个绅士。这种进展经过唐末跟五代的长期的变乱加了速度，到宋朝又加上印刷术的发达，学校多起来了，士人也多起来了，士人的地位加强，责任也加重了。这些士人多数是来自民间的新的分子，他们多少保留着民间的生活方式和生活态度。他们一面学习和享受那些雅的，一面却还不能摆脱或蜕变那些俗的。人既然很多，大家是这样，也就不觉其寒尘；不但不觉其寒尘，还要重新估定价值，至少也得调整那旧来的标准与尺度。"雅俗共赏"似乎就是新提出的尺度或标准，这里并非打倒旧标准，只是要求那些雅士理会到或迁就些俗士的趣味，好让大家打成一片。当然，所谓"提出"和"要求"，都只是不自觉的看来是自然而然的趋势。

中唐的时期，比安史之乱还早些，禅宗的和尚就开始用口语记录大师的说教。用口语为的是求真与化俗，化俗就是争取群众。安史乱后，和尚的口语记录更其流行，于是乎有了"语录"这个名称，"语录"就成为一种著述体了。到了宋朝，道学家讲学，更广泛的留下了许多语录；他们用语录，也还是为了求真与化俗，还是为了争取群众。所谓求真的"真"，一面是如实和直接的意思。禅家认为第一义是不可说的。语言文字都不能表达那无限的可能，所以是虚妄的。然而实际上语言文字究竟是不免要用的一种"方便"，记录文字自然越近实际的、直接的说话越好。在另一面这"真"又是自然的意思，自然才亲切，

185

才让人容易懂，也就是更能收到化俗的功效，更能获得广大的群众。道学主要的是中国的正统的思想，道学家用了语录做工具，大大的增强了这种新的文体的地位，语录就成为一种传统了。比语录体稍稍晚些，还出现了一种宋朝叫做"笔记"的东西。这种作品记述有趣味的杂事，范围很宽，一方面发表作者自己的意见，所谓议论，也就是批评，这些批评往往也很有趣味。作者写这种书，只当做对客闲谈，并非一本正经，虽然以文言为主，可是很接近说话。这也是给大家看的，看了可以当做"谈助"，增加趣味。宋朝的笔记最发达，当时盛行，流传下来的也很多。目录家将这种笔记归在"小说"项下，近代书店汇印这些笔记，更直题为"笔记小说"；中国古代所谓"小说"，原是指记述杂事的趣味作品而言的。

那里我们得特别提到唐朝的"传奇"。"传奇"据说可以见出作者的"史才、诗笔、议论"，是唐朝士子在投考进士以前用来送给一些大人先生看，介绍自己，求他们给自己宣传的。其中不外乎灵怪、艳情、剑侠三类故事，显然是以供给"谈助"，引起趣味为主。无论照传统的意念，或现代的意念，这些"传奇"无疑的是小说，一方面也和笔记的写作态度有相类之处。照陈寅恪先生的意见，这种"传奇"大概起于民间，文士是仿作，文字里多口语化的地方。陈先生并且说唐朝的古文运动就是从这儿开始。他指出古文运动的领导者韩愈的《毛颖传》，正是仿"传奇"而作。我们看韩愈的"气盛言宜"的理论和他的参差错落的文句，也正是多多少少在口语化。他的门下的"好难"、"好易"两派，似乎原来也都是在试验如何口语化。可是"好难"的一派过分强调了自己，过分想出奇制胜，不管一般人能够了解欣赏与否，终于被人看做"诡"和"怪"而失败，于是宋朝的欧阳修继承了"好易"的一派的努力而奠定了古文的基础。以上说的种种，都是安史乱后几百年间自然的趋势，就是那雅俗共赏的趋势。

宋朝不但古文走上了"雅俗共赏"的路，诗也走向这条路。胡适之先生说宋诗的好处就在"做诗如说话"，一语破的指出了这条路。自然，这条路上还有许多曲折，但是就像不好懂的黄山谷，他也提出了"以俗为雅"的主张，并且点化了许多俗语成为诗句。实践上"以俗为雅"，并不从他开始，梅圣俞、苏东坡都是好手，而苏东坡更胜。据记载梅和苏都说过"以俗为雅"这句话，可是不大靠得住；黄山谷却在《再次杨明叔韵》一诗的"引"里郑重的提出"以俗为雅，以故为新"，说是"举一纲而张万目"。他将"以俗为雅"放在第一，因为这实可以说是宋诗的一般作风，也正是"雅俗共赏"的路。但是加上"以故为新"，路就曲折起来，那是雅人自赏，黄山谷所以终于不好懂了。不过黄山谷虽然不好懂，宋诗却终于回到了"做诗如说话"的路，这"如说话"，的确是条大路。

雅化的诗还不得不回向俗化，刚刚来自民间的词，在当时不用说自然是"雅俗共赏"的。别瞧黄山谷的有些诗不好懂，他的一些小词可够俗的。柳耆卿更是个通俗的词人。词后来虽然渐渐雅化或文人化，可是始终不能雅到诗的地位，它怎么着也只是"诗馀"。词变为曲，不是在文人手里变，是在民间变的；曲又变得比词俗，虽然也经过雅化或文人化，可是还雅不到词的地位，它只是"词馀"。一方面从晚唐和尚的俗讲演变出来的宋朝的"说话"就是说书，乃至后来的平话以及章回小说，还有宋朝的杂剧和诸宫调等等转变成功的元朝的杂剧和戏文，乃至后来的传奇，以及皮簧戏，更多半是些"不登大雅"的"俗文学"。这些除元杂剧和后来的传奇也算是"词馀"以外，在过去的文学传统里简直没有地位；也就是说这些小说和戏剧在过去的文学传统里多半没有地位，有些有点地位，也不是正经地位。可是虽然俗，大体上却"俗不伤雅"，虽然没有什么地位，却总是"雅俗共赏"的玩艺儿。

"雅俗共赏"是以雅为主的，从宋人的"以俗为雅"以及常语的"俗不伤雅"，更可见出这种宾主之分。起初成群俗士蜂拥而上，固然逼得原来的雅士不得不理会到甚至迁就着他们的趣味，可是这些俗士需要摆脱的更多。他们在学习，在享受，也在蜕变，这样渐渐适应那雅化的传统，于是乎新旧打成一片，传统多多少少变了质继续下去。前面说过的文体和诗风的种种改变，就是新旧双方调整的过程，结果迁就的渐渐不觉其为迁就，学习的也渐渐习惯成了自然，传统的确稍稍变了质，但是还是文言或雅言为主，就算跟民众近了一些，近得也不太多。

至于词曲，算是新起于俗间，实在以音乐为重，文辞原是无关轻重的；"雅俗共赏"，正是那音乐的作用。后来雅士们也曾分别将那些文辞雅化，但是因为音乐性太重，使他们不能完成那种雅化，所以词曲终于不能达到诗的地位。而曲一直配合着音乐，雅化更难，地位也就更低，还低于词一等。可是词曲到了雅化的时期，那"共赏"的人却就雅多而俗少了。真正"雅俗共赏"的是唐、五代、北宋的词，元朝的散曲和杂剧，还有平话和章回小说以及皮簧戏等。皮簧戏也是音乐为主，大家直到现在都还在哼着那些粗俗的戏词，所以雅化难以下手，虽然一二十年来这雅化也已经试着在开始。平话和章回小说，传统里本来没有，雅化没有合式的榜样，进行就不易。《三国演义》虽然用了文言，却是俗化的文言，接近口语的文言，后来的《水浒》《西游记》《红楼梦》等就都用白话了。不能完全雅化的作品在雅化的传统里不能有地位，至少不能有正经的地位。雅化程度的深浅，决定这种地位的高低或有没有，一方面也决定"雅俗共赏"的范围的小和大。雅化越深，"共赏"的人越少，越浅也就越多。所谓多少，主要的是俗人，是小市民和受教育的农家子弟。在传统里没有地位或只有低地位的作品，只算是玩艺儿；然而这些才接近民众，接近民众却还能教"雅俗共赏"，雅和俗究竟有共通的地方，不是不相理会的两橛了。

单就玩艺儿而论，"雅俗共赏"虽然是以雅化的标准为主，"共赏"者却以俗人为主。固然，这在雅方得降低一些，在俗方也得提高一些，要"俗不伤雅"才成；雅方看来太俗，以至于"俗不可耐"的，是不能"共赏"的。但是在什么条件之下才会让俗人所"赏"的，雅人也能来"共赏"呢？我们想起了"有目共赏"这句话。孟子说过"不知子都之姣者，无目者也"，

"有目"是反过来说，"共赏"还是陶诗"共欣赏"的意思。子都的美貌，有眼睛的都容易辨别，自然也就能"共赏"了。孟子接着说："口之于味也，有同嗜焉；耳之于声也，有同听焉；目之于色也，有同美焉。"这说的是人之常情，也就是所谓人情不相远。但是这不相远似乎只限于一些具体的、常识的、现实的事物和趣味。譬如北平罢，故宫和颐和园，包括建筑，风景和陈列的工艺品，似乎是"雅俗共赏"的，天桥在雅人的眼中似乎就有些太俗了。说到文章，俗人所能"赏"的也只是常识的，现实的。后汉的王充出身是俗人，他多多少少代表俗人说话，反对难懂而不切实用的辞赋，却赞美公文能手。公文这东西关系雅俗的现实利益，始终是不曾完全雅化了的。再说后来的小说和戏剧，有的雅人说《西厢记》诲淫，《水浒传》诲盗，这是"高论"。实际上这一部戏剧和这一部小说都是"雅俗共赏"的作品。《西厢记》无视了传统的礼教，《水浒传》无视了传统的忠德，然而" 男女" 是"人之大欲"之一，"官逼民反"，也是人之常情，梁山泊的英雄正是被压迫的人民所想望的。俗人固然同情这些，一部分的雅人，跟俗人相距还不太远的，也未尝不高兴这两部书说出了他们想说而不敢说的。这可以说是一种快感，一种趣味，可并不是低级趣味；这是有关系的，也未尝不是有节制的。"诲淫""诲盗"只是代表统治者的利益的说话。

　　十九世纪二十世纪之交是个新时代，新时代给我们带来了新文化，产生了我们的知识阶级。这知识阶级跟从前的读书人不大一样，包括了更多的从民间来的分子，他们渐渐跟统治者拆伙而走向民间。于是乎有了白话正宗的新文学，词曲和小说戏剧都有了正经的地位。还有种种欧化的新艺术。这种文学和艺术却并不能让小市民来"共赏"，不用说农工大众。于是乎有人指出这是新绅士也就是新雅人的欧化，不管一般人能够了解欣赏与否。他们提倡"大众语"运动。但是时机还没有成熟，结果不显著。抗战以来又有"通俗化"运动，这个运动并已经在开始转向大众化。"通俗化"还分别雅俗，还是"雅俗共赏"的路，大众化却更进一步要达到那没有雅俗之分，只有"共赏"的局面。这大概也会是所谓由量变到质变罢。

1947 年 10 月 26 日作

（原载 1947 年 11 月 18 日《观察》第 3 卷第 11 期）

论书生的酸气

　　读书人又称书生。这固然是个可以骄傲的名字，如说"一介书生"，"书生本色"，都含有清高的意味。但是正因为清高，和现实脱了节，所以书生也是嘲讽的对象。人们常说"书呆子"、"迂夫子"、"腐儒"、"学究"等，都是嘲讽书生的。"呆"是不明利害，"迂"是绕大弯儿，"腐"是顽固守旧，"学究"是指一孔之见。总之，都是知古不知今，知书不知人，食而不化的读死书或死读书，所以在现实生活里老是吃亏、误事、闹笑话。总之，书生的被嘲笑是在他们对于书的过分的执着上；过分的执着书，书就成了话柄了。

　　但是还有"寒酸"一个话语，也是形容书生的。"寒"是"寒素"，对"膏粱"而言。是魏晋南北朝分别门第的用语。"寒门"或"寒人"并不限于书生，武人也在里头；"寒士"才指书生。这"寒"指生活情形，指家世出身，并不关涉到书；单这个字也不含嘲讽的意味。加上"酸"字成为连语，就不同了，好像一副可怜相活现在眼前似的。"寒酸"似乎原作"酸寒"。

韩愈《荐士》诗，"酸寒溧阳尉"，指的是孟郊。后来说"郊寒岛瘦"，孟郊和贾岛都是失意的人，作的也是失意诗。"寒"和"瘦"映衬起来，够可怜相的，但是韩愈说"酸寒"，似乎"酸"比"寒"重。可怜别人说"酸寒"，可怜自己也说"酸寒"，所以苏轼有"故人留饮慰酸寒"的诗句。陆游有"书生老瘦转酸寒"的诗句。"老瘦"固然可怜相，感激"故人留饮"也不免有点儿。范成大说"酸"是"书生气味"，但是他要"洗尽书生气味酸"，那大概是所谓"大丈夫不受人怜"罢？

为什么"酸"是"书生气味"呢？怎么样才是"酸"呢？话柄似乎还是在书上。我想这个"酸"原是指读书的声调说的。晋以来的清谈很注重说话的声调和读书的声调。说话注重音调和辞气，以朗畅为好。读书注重声调，从《世说新语·文学》篇所记殷仲堪的话可见；他说，"三日不读《道德经》，便觉舌本闲强"，说到舌头，可见注重发音，注重发音也就是注重声调。《任诞》篇又记王孝伯说："名士不必须奇才，但使常得无事，痛饮酒，熟读《离骚》，便可称名士。"这"熟读《离骚》"该也是高声朗诵，更可见当时风气。《豪爽》篇记，"王司州（胡之）在谢公（安）坐，咏《离骚》《九歌》'入不言兮出不辞，乘回风兮载云旗'，语人云，'当尔时，觉一坐无人。'"正是这种名士气的好例。读古人的书注重声调，读自己的诗自然更注重声调。《文学》篇记着袁宏的故事：

袁虎（宏小名虎）少贫，尝为人佣载运租。谢镇西经

193

船行，其夜清风朗月，闻江渚间估客船上有咏诗声，甚有情致，所诵五言，又其所未尝闻，叹美不能已。即遣委曲讯问，乃是袁自咏其所作咏史诗。因此相要，大相赏得。

从此袁宏名誉大盛，可见朗诵关系之大。此外《世说新语》里记着"吟啸""啸咏""讽咏""讽诵"的还很多，大概也都是在朗诵古人的或自己的作品罢。

这里最可注意的是所谓"洛下书生咏"或简称"洛生咏"。《晋书·谢安传》说：

> 安本能为洛下书生咏。有鼻疾，故其音浊。名流爱其咏而弗能及，或手掩鼻以效之。

《世说新语·轻诋》篇却记着：

> 人问顾长康"何以不作洛生咏？"答曰，"何至作老婢声！"

刘孝标注，"洛下书生咏音重浊，故云'老婢声'。"所谓"重浊"，似乎就是过分悲凉的意思。当时诵读的声调似乎以悲凉为主。王孝伯说"熟读《离骚》，便可称名士"，王胡之在谢安坐上咏的也是《离骚》《九歌》，都是《楚辞》。当时诵读《楚辞》，大概还知道用楚声楚调，乐府曲调里也正有楚调。而楚声楚调向来是以悲凉为主的。当时的诵读大概受到和尚的梵诵或梵唱的影响很大，梵诵或梵唱主要的是长吟，就是所谓"咏"。《楚辞》本多长句，楚声楚调配合那长吟的梵调，相得益彰，更可以"咏"出悲凉的"情致"来。袁宏的咏史诗现存两首，第一首开始就是"周昌梗概臣"一句，"梗概"就是"慷慨""感慨"；"慷慨悲歌"也是一种"书生本色"。沈约《宋书·谢灵运传》论所举的五言诗名句，钟嵘《诗品·序》里所举的五言诗名句和名篇，差不多都是些"慷慨悲歌"。《晋书》里还有一个故事。晋朝曹摅的《感旧》诗有"富贵他人合，贫贱亲戚离"两句。后来殷浩被废为老百姓，送他的心爱的外甥回朝，朗诵这两句，引起了身世之感，不觉泪下。这是悲凉的朗诵的确例。但是自己若是并无真实的悲哀，只去学时髦，捏着鼻子学那悲哀的"老婢声"的"洛生咏"，那就过了分，那也就是赵宋以来所谓"酸"了。

唐朝韩愈有《八月十五夜赠张功曹》诗，开头是：

纤云四卷天无河，

清风吹空月舒波。

沙平水息声影绝，

一杯相属君当歌。

接着说：

君歌声酸辞且苦，

不能听终泪如雨。

接着就是那"酸"而"苦"的歌辞：

洞庭连天九疑高，

蛟龙出没猩鼯号。

十生九死到官所，

幽居默默如藏逃。

下床畏蛇食畏药，

海气湿蛰熏腥臊。

昨者州前槌大鼓，

嗣皇继圣登夔皋。

赦书一日行万里，

罪从大辟皆除死。

迁者追回流者还，

涤瑕荡垢朝清班。

州家申名使家抑，

坎坷只得移荆蛮。

判司卑官不堪说，

未名捶楚尘埃间。

同时辈流多上道，

天路幽险难追攀！

张功曹是张署，和韩愈同被贬到边远的南方，顺宗即位。只奉命调到近一些的江陵做个小官儿，还不得回到长安去，因此有了这一番冤苦的话。这是张署的话，也是韩愈的话。但是诗里却接着说：

> 君歌且休听我歌，
> 我歌今与君殊科。

韩愈自己的歌只有三句：

> 一年明月今宵多，
> 人生由命非由他，
> 有酒不饮奈明何！

　　他说认命算了，还是喝酒赏月罢。这种达观其实只是苦情的伪装而已。前一段"歌"虽然辞苦声酸，倒是货真价实，并无过分之处，由那"声酸"知道吟诗的确有一种悲凉的声调，而所谓"歌"其实只是讽咏。大概汉朝以来不像春秋时代一样，士大夫已经不会唱歌，他们大多数是书生出身，就用讽咏或吟诵来代替唱歌。他们——尤其是失意的书生——的苦情就发泄在这种吟诵或朗诵里。

　　战国以来，唱歌似乎就以悲哀为主，这反映着动乱的时代。

《列子·汤问》篇记秦青"抚节悲歌，声振林木，响遏行云"，又引秦青的话，说韩娥在齐国雍门地方"曼声哀哭，一里老幼悲愁垂涕相对，三日不食"，后来又曼声长歌，一里老幼也能唱快乐的歌，但是和秦青自己独擅悲歌的故事合看，就知道还是悲歌为主。再加上齐国杞梁的妻子哭倒了城的故事，就是现在还在流行的孟姜女哭倒长城的故事，悲歌更为动人，是显然的。书生吟诵，声酸辞苦，正和悲歌一脉相传。但是声酸必须辞苦，辞苦又必须情苦；若是并尤苦情，只有苦辞，甚至连苦辞也没有，只有那供人酸鼻的声调，那就过了分，不但不能动人，反要遭人嘲弄了。书生往往自命不凡，得意的自然有，却只是少数，失意的可太多了。所以总是叹老嗟卑，长歌当哭，哭丧着脸一副可怜相。朱子在《楚辞辨证》里说汉人那些模仿的作品"诗意平缓，意不深切，如无所疾痛而强为呻吟者"。"无所疾痛而强为呻吟"就是所谓"无病呻吟"。后来的叹老嗟卑也正是无病呻吟。有病呻吟是紧张的，可以得人同情，甚至叫人酸鼻，无病呻吟，病是装的，假的，呻吟也是装的，假的，假装可以酸鼻的呻吟，酸而不苦像是丑角扮戏，自然只能逗人笑了。

苏东坡有《赠诗僧道通》的诗：

雄豪而妙苦而腴，
只有琴聪与蜜殊。
语带烟霞从古少，
气含蔬笋到公无。

查慎行注引叶梦得《石林诗话》说：

> 近世僧学诗者极多，皆无超然自得之趣，往往掇拾模仿士大夫所残弃，又自作一种体，格律尤俗，谓之"酸馅气"。子瞻……尝语人云，"颇解'蔬笋'语否？为无'酸馅气'也。"闻者无不失笑。

东坡说道通的诗没有"蔬笋"气，也就没有"酸馅气"，和尚修苦行，吃素，没有油水，可能比书生更"寒"更"瘦"；一味反映这种生活的诗，好像酸了的菜馒头的馅儿，干酸，吃不得，闻也闻不得，东坡好像是说，苦不妨苦，只要"苦而腴"，有点儿油水，就不至于那么扑鼻酸了。这酸气的"酸"还是从"声酸"来的。而所谓"书生气味酸"该就是指的这种"酸馅气"。和尚虽苦，出家人原可"超然自得"，却要学吟诗，就染上书生的酸气了。书生失意的固然多，可是叹老嗟卑的未必真的穷苦就无聊，无聊就作成他们的"无病呻吟"了。宋初西昆体的领袖杨亿讥笑杜甫是"村夫子"，大概就是嫌他叹老嗟卑的太多。但是杜甫"窃比稷与契"，嗟叹的其实是天下之大，决不止于自己的鸡虫得失。杨亿是个得意的人，未免忘其所以，才说出这样不公道的话。可是像陈师道的诗，叹老嗟卑，吟来吟去，只关一己，的确叫人腻味。这就落了套子，落了套子就不免有些"无病呻吟"，也就是有些"酸"了。

道学的兴起表示书生的地位加高，责任加重，他们更其自

199

命不凡了，自嗟自叹也更多了。就是眼光如豆的真正的"村夫子"或"三家村学究"，也要哼哼唧唧的在人面前卖弄那背得的几句死书，来嗟叹一切，好搭起自己的读书人的空架子。鲁迅先生笔下的"孔乙己"，似乎是个更破落的读书人，然而"他对人说话，总是满口之乎者也，教人半懂不懂的"。人家说他偷书，他却争辩着，"窃书不能算偷……窃书！……读书人的事，能算偷么？""接连便是难懂的话，什么'君子固穷'，什么'者乎'之类，引得众人都哄笑起来"。孩子们看着他的茴香豆的碟子。

> 孔乙己着了慌，伸开五指将碟子罩住，弯下腰去说道，"不多了，我已经不多了。"直起身又看一看豆，自己摇头说，"不多不多！'多乎哉？不多也'"于是这一群孩子都在笑声里走散了。

破落到这个地步，却还只能"满口之乎者也"，和现实的人民隔得老远的，"酸"到这地步真是可笑又可怜了。"书生本色"虽然有时是可敬的，然而他的酸气总是可笑又可怜的。最足以表现这种酸气的典型，似乎是戏台上的文小生，尤其是昆曲里的文小生，那哼哼唧唧、扭扭捏捏、摇摇摆摆的调调儿，真够"酸"的！这种典型自然不免夸张些，可是也许差不离儿罢。

向来说"寒酸""穷酸"，似乎酸气老聚在失意的书生身上。得意之后，见多识广，加上"一行作吏，此事便废"，那时就会不再执着在书上，至少不至于过分的执着在书上，那"酸气味"是可以多多少少"洗"掉的。而失意的书生也并非都有酸气。他们可以看得开些，所谓达观，但是达观也不易，往往只是伪装。他们可以看远大些，"梗概而多气"是雄风豪气，不是酸气。至于近代的知识分子，让时代逼得不能读死书或死读书，因此也就不再执着那些古书。文言渐渐改了白话，吟诵用不上了；代替吟诵的是又分又合的朗诵和唱歌。最重要的是他们看清楚了自己，自己是在人民之中，不能再自命不凡了。他们虽然还有些闲，可是要"常得无事"却也不易。他们渐渐丢了那空架子，脚踏实地向前走去。早些时还不免带着感伤的气氛，自爱自怜，一把眼泪一把鼻涕的；这也算是酸气，虽然念诵的不是古书而是洋书。可是这几年时代逼得更紧了，大家只得抹干了鼻涕眼泪走上前去。这才真是"洗尽书生气味酸"了。

论老实话

美国前国务卿贝尔纳斯退职后写了一本书，题为《老实话》。这本书中国已经有了不止一个译名，或作《美苏外交秘录》，或作《美苏外交内幕》，或作《美苏外交纪实》，"秘录""内幕"和"纪实"都是"老实话"的意译。前不久笔者参加一个宴会，大家谈起贝尔纳斯的书，谈起这个书名。一个美国客人笑着说，"贝尔纳斯最不会说老实话！"大家也都一笑。贝尔纳斯的这本书是否说的全是"老实话"，暂时不论，他自题为《老实话》，以及中国的种种译名都含着"老实话"的意思，却可见无论中外，大家都在要求着"老实话"。贝尔纳斯自题这样一个书名，想来是表示他在做国务卿办外交的时候有许多话不便"老实说"，现在是自由了，无官一身轻了，不妨"老实说"了——原名直译该是《老实说》，还不是《老实话》。但是他现在真能自由的"老实说"，真肯那么的"老实说"吗——那位美国客人的话是有他的理由的。

无论中外，也无论古今，大家都要求"老实话"，可见"老实话"是不容易听到见到的。大家在知识上要求真实，他们要知道事实，寻求真理。但是抽象的真理，打破沙缸问到底，有的说可知，有的说不可知，至今纷无定论，具体的事实却似乎或多或少总是可知的。况且照常识上看来，总是先有事后才有理，而在日常生活里所要应付的也都是些事，理就包含在其中，在应付事的时候，理往往是不自觉的。因此强调就落到了事实上。常听人说"我们要明白事实的真相"，既说"事实"，又说"真相"，叠床架屋，正是强调的表现。说出事实的真相，就是"实话"。买东西叫卖的人说"实价"，问口供叫犯人"从实招来"，都是要求"实话"。人与人如此，国与国也如此。有些时事评论家常说美苏两强若是能够肯老实说出两国的要求是些什么东西，再来商量，世界的局面也许能够明朗化。可是又有些评论家认为两强的话，特别是苏联方面的，说的已经够老实了，够明朗化了。的确，自从去年维辛斯基在联合国大会上指名提出了"战争贩子"以后，美苏两强的话是越来越老实了，但是明朗化似乎还未见其然。

人们为什么不能不肯说实话呢？归根结底，关键是在利害的冲突上。自己说出实话，让别人知道自己的虚实，容易制自己。就是不然，让别人知道底细，也容易比自己抢先一着。在这个分配不公平的世界上，生活好像战争，往往是有你无我；因此各人都得藏着点儿自己，让人莫名其妙。于是乎钩心斗角，捉迷藏，大家在不安中猜疑着。向来有句老话，"知人知面不知面不知心"，还有"逢人只说三分话，未可全抛一片心"，这种处世的格言正是教人别说实话，少说实话，也正是暗示那利害的冲突。我有人无，我多人少，我强人弱，说实话恐怕人来占我的便宜，强的要越强，多的要越多，有的要越有。我无人有，我少人多，我弱人强，说实话也恐怕人欺我不中用；弱的想变强，少的想变多，无的想变有。人与人如此，国与国又何尝不如此！

说到战争，还有句老实话，"兵不厌诈"！真的交兵"不厌诈"，钩心斗角，捉迷藏，耍花样，也正是个"不厌诈"！"不厌诈"，就是越诈越好，从不说实话少说实话大大的跨进了一步；于是乎模糊事实，夸张事实，歪曲事实，甚至于捏造事实！于是乎种种谎话，应有尽有，你想我是骗子，我想你是骗子。这种情形，中外古今大同小异，因为分配老是不公平，利害也老在冲突着。这样可也就更要求实话，老实话。老实话自然是有的，人们没有相当限度的互信，社会就不成其为社会了。但是实话总还太少，谎话总还太多，社会的和谐恐怕还远得很罢。不过谎话虽然多，全然出于捏造的却也少，因为不容易使人信。麻烦的是谎话里掺实话，实话里掺谎话——巧妙可也在这儿。日常的话多多少少是两掺的，人们的互信就建立在这种两掺的话上，人们的猜疑可也发生在这两掺的话上。即如贝尔纳斯自己标榜的"老实话"，他的同国的那位客人就怀疑他在用好名字骗人。我们这些常人谁能知道他的话老实或不老实到什么程度呢？

人们在情感上要求真诚，要求真心真意，要求开诚相见或诚恳的态度。他们要听"真话""真心话"，心坎儿上的，不是嘴边儿上的话，这也可以说是"老实话"。但是"心口如一"向来是难得的，"口是心非"恐怕大家有时都不免，读了奥尼尔的《奇异的插曲》就可恍然。"口蜜腹剑"却真成了小人。真话不一定关于事实，主要的是态度。可是，如前面引过的，"知人知面不知心"，不看什么人就掏出自己的心肝来，人家也许还嫌血腥气呢！所以交浅不能言深，大家一见面儿只谈天气，就是这个道理. 所谓"推心置腹"，所谓"肺腑之谈"，总得是二三知己才成；若是泛泛之交，只能敷敷衍衍，客客气气，说一些不相干的门面话。这可也未必就是假的，虚伪的。他至少眼中有你。有些人一见面冷冰冰的，拉长了面孔，爱理人不理人的，可以算是"真"透了顶，可是那份儿过了火的"真"，有几个人受得住！本来彼此既不相知，或不深知，相干的话也无从说起，说了反容易出岔儿，乐得远远儿的，淡淡儿的，慢慢儿的，不过就是彼此深知，像夫妇之间，也未必处处可以说真话。"人心不同. 各如其面"，一个人总有些不愿意教别人知道的秘密，若是不顾忌着些个，怎样亲爱的也会碰钉子的。真话之难，就在这里。

真话虽然不一定关于事实，但是谎话一定不会是真话。假话却不一定就是谎话，有些甜言蜜语或客气话，说得过火，我们就认为假话，其实说的人也许倒并不缺少爱慕与尊敬。存心骗人. 别有作用，所谓"口蜜腹剑"的，自然当作别论。真话又是认真的话，玩话不能当作真话。将玩话当真话，往往闹别扭，即使在熟人甚至亲人之间。所以幽默感是可贵的。真话未必是好听的话，所谓"苦口良言""药石之言"，"忠言""直言"，往往是逆耳的，一片好心往往倒得罪了人。可是人们又要求"直言"专制时代"直言极谏"是选用人才的一个科目，甚至现在算命看相的，也还在标榜"铁嘴"，表示直说，说的是真话，老实话。但是这种"直言""直说"大概是不至于刺耳至少也不至于太刺耳的。又是"直言"，又不太刺耳，岂不两全其美吗！不过刺耳也许还可忍耐，刺心却最难宽恕；直说遭怨，直言遭忌，就为刺了别人的心——小之被人骂为"臭嘴"，大之可以杀身。所以不折不扣的"直言极谏"之臣，到底是寥寥可数的。直言刺耳，进而刺心，简直等于相骂，自然会叫人生气，甚至于翻脸。反过来，生了气或翻了脸，骂起人来，冲口而出，自然也多直言，真话，老实话。

人与人是如此，国与国在这里却不一样。国与国虽然也讲友谊，和人与人的友谊却不相当，亲谊更简直是没有。这中间没有爱，说不上"真心"，也说不上"真话""真心话"。倒是不缺少客气话，所谓外交辞令；那只是礼尚往来，彼此表示尊敬而已。还有，就是条约的语言，以利害为主，有些是互惠，更多是偏惠，自然是弱小吃亏。这种条约倒是"实话"，所以有时得有秘密条款，有时更全然是密约。条约总说是双方同意的，即使只有一方是"欣然同意"。不经双方同意而对一方有所直言，或彼此相对直言，那就往往是谴责，也就等于相骂像去年联合国大会以后的美苏两强，就是如此。话越说得老实，也就越尖锐化，当然，翻脸倒是还不至于的。这种老实话一方面也是宣传。照一般的意见，宣传决不会是老实话。然而美苏两强互相谴责，其中的确有许多老实话，也的确有许多人信这一方或那一方，两大阵营对垒的形势因此也越见分明，世界也越见动荡。这正可见出宣传的力量。宣传也有各等各样。毫无事实的空头宣传，不用说没人信，有事实可也掺点儿谎，就有信的人。因为有事实就有自信，有自信就能多多少少说出些真话，所以教人信。自然，事实越多越分明，信的人也就越多。但是有宣传，也就有反宣传，反宣传意在打消宣传。判断当然还得凭事实。不过正反错综，一般人眼花缭乱，不胜其麻烦，就索性一句话抹杀，说一切宣传都是谎！可是宣传果然都是谎，宣传也就不会存在了，所以还当分别而论。即如贝尔纳斯将他的书自题为《老实说》，或《老实话》，那位美国客人就怀疑他在自我宣传；但是那本书总不能够全是谎罢？一个人也决不能够全靠撒谎而活下去，因为那么着他就掉在虚无里，就没了。

论废话

"废话!""别费话!""少说费话!"都是些不客气的语句,用来批评或阻止别人的话的。这可以是严厉的申斥,可以只是亲密的玩笑,要看参加的人,说的话,和用这些语句的口气。"废"和"费"两个不同的字,一般好像表示同样的意思,其实有分别。旧小说里似乎多用"费话",现代才多用"废话"。前者着重在啰唆,啰唆所以无用;后者着重在无用,无用就觉啰唆。平常说"废物""废料",都指斥无用,"废话"正是一类。"费"是"白费""浪费",虽然指斥,还是就原说话人自己着想,好像还在给他打算似的。"废"却是听话的人直截指斥,不再拐那个弯儿,细味起来该是更不客气些。不过约定俗成,我们还是用"废"为正字。

道家教人"得意而忘言",言既该忘,到头儿岂非废话?佛家告人真如"不可说",禅宗更指出"开口便错":所有言说,到头儿全是废话。他们说言不足以尽意,根本怀疑语言,所以有这种话。说这种话时虽然自己暂时超出人外言外,可是还得有这种话，还得用言来"忘言"，说那"不可说"的。这虽然可以不算矛盾，却是不可解的连环。所有的话到头来都是废话，可是人活着得说些废话，到头来废话还是不可废的。道学家教人少作诗文，说是"玩物丧志"，说是"害道"，那么诗文成了废话，这所谓诗文指表情的作品而言。但是诗文是否真是废话呢？

跟着道家佛家站在高一层看，道学家一切的话也都不免废话；让我们自己在人内言内看，诗文也并不真是废话。人有情有理，一般的看，理就在情中，所以俗话说"讲情理"。俗话也可以说"讲理""讲道理"，其实讲的还是"情理"；小然讲死理或死讲理怎么会叫作"不通人情"呢？道学家只看在理上，想要将情抹杀，诗文所以成了废话。但谁能无情？谁不活在情里？人一辈子多半在表情的活着；人一辈子好像总在说理，叙事，其实很少同时不在不知不觉中表情的。"天气好！""吃饭了？"岂不都是废话？可是老在人嘴里说着。看个朋友商量事儿，有时得闲闲说来，言归正传，写信也常如此。外交辞令更是不着边际的多——战国时触詟说赵太后，也正仗着那一番废话。再说人生是个动，行是动，言也是动；人一辈子一半是行，一半是言。一辈子说话作文，若是都说道理，哪有这么多道理？况且谁能老是那么矜持着？人生其实多一半在说废话。诗文就是这种废话。得有点废话，我们才活得有意思。

不但诗文，就是儿歌，民谣，故事，笑话，甚至无意义的接字歌，绕口令等等，也都给人安慰，让人活得有意思。所以儿童和民众爱这些废话，不但儿童和民众，文人，读书人也渐渐爱上了这些。英国吉士特顿曾经提倡"无意义的话"，并曾推荐那本《无意义的书》，正是儿歌等等的选本。这些其实就可以译为"废话"和"废话书"，不过这些废话是无意义的。吉士特顿大概觉得那些有意义的废话还不够"废"的，所以百尺竿头更进一步。在繁剧的现代生活里，这种无意义的废话倒是可以慰情，可以给我们休息，让我们暂时忘记一切。这是受用，也就是让我们活得有意思。就是说理，有时也用得着废话，如逻辑家无意义的例句"张三是大于""人类是黑的"等。这些废话最见出所谓无用之用；那些有意义的，其实也都以无用为用。有人曾称一些学者为"有用的废物"，我们也不妨如法炮制，称这些有意义的和无意义的废话为"有用的废话"。废是无用，到头来不可废，就又是有用了。

话说回来，废话都有用么？也不然。汉代申公说，"为政不在多言，顾力行何如耳。""多言"就是废话。为政该表现于行事，空言不能起信；无论怎么好听，怎么有道理，不能兑现的支票总是废物，不能实践的空言总是废话。这种巧语花言到头来只教人感到欺骗，生出怨望，我们无须"多言"，大家都明白这种废话真是废话。有些人说话爱跑野马，闹得"游骑无归"。有些人作文"下笔千言，离题万里"。但是离题万里跑野马，若能别开生面，倒也很有意思。只怕老在圈儿外兜圈子，兜来兜去老在圈儿外，那就千言万语也是白饶，只教人又腻味又着急。这种才是"知难"；正为不知，所以总说不到紧要去处。这种也真是废话。还有人爱重复别人的话。别人演说，他给提纲挈领；别人谈话，他也给提纲挈领。若是那演说谈话够复杂的或者够杂乱的，我们倒也乐意有人这么来一下。可是别人说得清清楚楚的，他还要来一下，甚至你自己和他谈话，他也要对你来一下——妙在丝毫不觉，老那么津津有味的，真教人啼笑皆非。其实谁能不重复别人的话，古人的，今人的？但是得变化，加上时代的色彩，境地的色彩，或者自我的色彩，总让人觉着有点儿新鲜玩意儿才成。不然真是废话，无用的废话！

论青年

　　冯友兰先生在《新事论·赞中华》篇里第一次指出现在一般人对于青年的估价超过老年之上。这扼要的说明了我们的时代。这是青年时代，而这时代该从五四运动开始。从那时起，青年人才抬起了头，发现了自己，不再仅仅的做祖父母的孙子，父母的儿子，社会的小孩子。他们发现了自己，发现了自己的群，发现了自己和自己的群的力量。他们跟传统斗争，跟社会斗争，不断的在争取自己领导权甚至社会领导权，要名副其实的做新中国的主人。但是，像一切时代一切社会一样，中国的领导权掌握在老年人和中年人的手里，特别是中年人的手里。于是乎来了青年的反抗，在学校里反抗师长，在社会上反抗统治者。他们反抗传统和纪律，用意见，有时也用挺击。中年统治者记得五四以前青年的沉静，觉着现在青年爱捣乱，惹麻烦，第一步打算压制下去。可是不成。于是乎敷衍下去。敷衍到了难以收拾的地步，来了集体训练，开出新局面，可是还得等着瞧呢。

青年反抗传统，反抗社会，自古已然，只是一向他们低头受压，使不出大力气，见得沉静罢了。家庭里父代和子代闹别扭是常见的，正是压制与反抗的征象。政治上也有老少两代的斗争，汉朝的贾谊到戊戌六君子，例子并不少。中年人总是在统治的地位，老年人势力足以影响他们的地位时，就是老年时代，青年人势力足以影响他们的地位时，就是青年时代。老年和青年的势力互为消长，中年人却总是在位，因此无所谓中年时代。老年人的衰朽，是过去，青年人还幼稚，是将来，占有现在的只是中年人。他们一面得安慰老年人，培植青年人，一面也在讥笑前者，烦厌后者。安慰还是顺的，培植却常是逆的，所以更难。培植是凭中年人的学识经验做标准，大致要养成有为有守爱人爱物的中国人。青年却恨这种切近的典型的标准妨碍他们飞跃的理想。他们不甘心在理想还未疲倦的时候就被压进典型里去，所以总是挣扎着，在憧憬那海阔天空的境界。中年人不能了解青年人为什么总爱旁逸斜出不走正路，说是时代病。其实这倒是成德达材的大路；压迫的，挣扎着，材德的达成就在这两种力的平衡里。这两种力永恒的一步步平衡着，自古已然，不过现在更其表面化罢了。

　　青年人爱说自己是"天真的""纯洁的"。但是看看这时代，老练的青年可真不少。老练却只是工于自谋，到了临大事，决大疑，似乎又见得幼稚了。青年要求进步，要求改革，自然很好，他们有的是奋斗的力量。不过大处着眼难，小处下手易，他们的饱满的精力也许终于只用在自己的物质的改革跟进步上；

于是骄奢淫佚，无所不为，有利无义，有我无人。中年里原也不缺少这种人，效率却赶不上青年的大。眼光小还可以有一步路，便是做自了汉，得过且过的活下去；或者更退一步，遇事消极，马马虎虎对付着，一点不认真。中年人这两种也够多的。可是青年时就染上这些习气，未老先衰，不免更教人毛骨悚然。所幸青年人容易回头，"浪子回头金不换"，不像中年人往往将错就错，一直沉到底里去。

青年人容易脱胎换骨改样子，是真可以自负之处；精力足，岁月长，前路宽，也是真可以自负之处。总之可能多。可能多倚仗就大，所以青年人狂。人说青年时候不狂，什么时候才狂？不错。但是这狂气到时候也得收拾一下，不然会忘其所以的。青年人爱讽刺，冷嘲热骂，一学就成，挥之不去；但是这只足以取快一时，久了也会无聊起来的。青年人骂中年人逃避现实，圆通，不奋斗，妥协，自有他们的道理。不过青年人有时候让现实笼罩住，伸不出头，张不开眼，只模糊的看到面前一段儿路，真是"前不见古人，后不见来者"。这又是小处。若是能够偶然到所谓"世界外之世界"里歇一下脚，也许可以将自己放大些。青年也有时候偏执不回，过去一度以为读书就不能救国就是的。那时蔡孑民先生却指出"读书不忘救国，救国不忘读书"。这不是妥协，而是一种权衡轻重的圆通观。懂得这种圆通，就可以将自己放平些。能够放大自己，放平自己，才有真正的"工作与严肃"，这里就需要奋斗了。

蔡孑民先生不愧人师，青年还是需要人师。用不着满口仁义道德，道貌岸然，也用不着一手摊经，一手握剑，只要认真而亲切的服务，就是人师。但是这些人得组织起来，通力合作。讲情理，可是不敷衍，重诱导，可还归到守法上。不靠婆婆妈妈气去乞怜青年人，不靠甜言蜜语去买好青年人，也不靠刀子手枪去示威青年人。只言行一致后先一致的按着应该做的放胆放手做去。不过基础得打在学校里；学校不妨尽量社会化，青年训练却还是得在学校里。学校好像实验室，可以严格的计划着进行一切；可不是温室，除非让它堕落到那地步。训练该注重集体的，集体训练好，个体也会改样子。人说教师只消传授知识就好，学生做人，该自己磨练去。但是得先有集体训练，教青年有胆量帮助人，制裁人，然后才可以让他们自己磨练去。这种集体训练的大任，得教师担当起来。现行的导师制注重个别指导，琐碎而难实践，不如缓办，让大家集中力量到集体训练上。学校以外倒是先有了集中训练，从集中军训起头，跟着来了各种训练班。前者似乎太单纯了，效果和预期差得多，后者好像还差不多。不过训练班至多只是百尺竿头更进一步，培植根基还得在学校里。在青年时代，学校的使命更重大了，中年教师的责任也更重大了，他们得任劳任怨的领导一群群青年人走上那成德达材的大路。

论轰炸

敌机的轰炸是可怕的，也是可恨的；但是也未尝不是可喜的。轰炸使得每一个中国人，凭他在哪个角落儿里，都认识了咱们的敌人；这是第一回，每一个中国人都觉得自己有了一个民族，有了一个国家。从前军阀混战，只是他们打他们的。那时候在前方或在巷战中，自然也怕，也恨，可是天上总还干干净净的，掉不了炸弹机关枪子儿。在后方或别的省区，更可以做没事人儿。这一回抗战，咱们头顶上来了敌机；它们哪儿都来得，哪儿都扫射得，轰炸得——不论前方后方，咱们的地方是一大片儿。绝对安全的角落儿，没有——无所逃于天地之间！警报响了，谁都跑，谁都找一个角落儿躲着。谁都一样儿怕，一样儿恨；敌人是咱们大家的，也是咱们每一个人的。谁都觉得这一回抗战是为了，咱们自己，是咱们自己的事儿。

轰炸没准儿，敌人爱多咱来多咱来，还有，他们爱炸哪儿炸哪儿。咱们的敌人野蛮得很，他们滥炸不设防的城市，非作战的民众。所以哪儿都得提防着，什么时候都得提防着。防空？是的，防空不论是积极的消极的，都只有相对的效用，怎么着也不能使敌机绝不来炸。所以每个人自己还得随地提防着。警报响了，小乡镇上的人一样儿跑，疏散区的人也会跑到田里树林里防空壕里——至少在楼上的会跑到楼下去。轰炸老使人担着一份儿心，放不下，咱们每个人的生命都在受着轰炸的威胁。咱们每个人就都想把敌人打出去，天上，地下，海里都归咱们自己。咱们得复兴这个民族，建立一个新国家。新国家就建立在轰炸过的旧基址上，咱们每个人有力出力，都来一份儿。

警报比轰炸多，警报的力量其实还比轰炸大。与其说怕轰炸，不如说怕警报更确切些。轰炸的时间短，人都躲起来，一点儿自由没有，只干等着。警报的时间长，敌机来不来没准儿，人们都跑着，由自己打主意，倒是提心吊胆的。可是警报的声音高于一切，它唤醒了那些醉生梦死的人，唤起那些麻木不仁的人，使他们认识时代。它教人们从试验与错误里学习敏捷，守秩序——也就是学习怎样生活在公众里。它更教人们学习镇定自己。谁都怕警报，可是得恰如其分，过了分就有点"歇斯底里"的。有一个时期重庆人每天盼望警报响，响过了好像完了一桩事似的，这就是镇定得好。轰炸的可怕也许炸了之后甚于炸的时候儿。血肉堆，瓦砾场，都是咱们自家的人！可是血债，记着，咱们得复仇！怎样大的轰炸都不会麻痹了咱们，咱们掩埋了血肉，在瓦砾场上盖起了新屋子！轰炸只使咱们互助，亲爱，团结，向新中国迈步前去。

让咱们来纪念一切死于敌机轰炸的同胞罢，轰炸是火的洗礼，咱们的民族，咱们的国家，像涅槃的凤凰一般，已经从火里再生了！

论东西

中国读书人向来不大在乎东西。"家徒四壁"不失为书生本色，做了官得"两袖清风"才算好官；爱积聚东西的只是俗人和贪吏，大家是看不起的。这种不在乎东西可以叫作清德。至于像《世说新语》里记的：

> 王恭从会稽还，王大看之，见其坐六尺簟，因语恭，"卿东来，故应有此物。可以一领及我。"恭无言。大去后，即举所坐者送之。既无余席，便坐荐上。后大闻之，甚惊曰，"吾本谓卿多，故求耳。"对曰，"丈人不悉恭，恭作人无长物。"

"作人无长物"也是不在乎东西，不过这却是达观了。后来人常说"身外之物，何足计较！"一类话，也是这种达观的表现，只是在另一角度下。不为物累，才是自由人，"清"是从道德方面看，"达"是从哲学方面看，清是不浊，达是不俗，是雅。

读书人也有在乎东西的时候，他们有的有收藏癖。收藏的可只是书籍，字画，古玩，邮票之类。这些人爱逛逛书店，逛逛旧货铺，地摊儿，积少也可成多，但是不能成为大收藏家。大收藏家总得沾点官气或商气才成。大收藏家可认真的在乎东西，书生的爱美的收藏家多少带点儿游戏三昧——他们随时将收藏的东西公诸同好．有时也送给知音的人，并不严封密裹．留着"子孙永宝用"。这些东西都不是实用品，这些爱美的收藏家也还不失为雅癖。日常的实用品，读书人是向来不在乎也不屑在乎的。事实上他们倒也短不了什么，一般的说，吃的穿的总有的。吃的穿的有了，别的短点儿也就没什么了。这些人可老是舍不得添置日用品，因此常跟太太们闹别扭。而在搬家或上路的时候，太太们老是要多带东西，他们老是要多丢东西，更会大费唇舌——虽然事实上是太太胜利的多。

现在读书人可也认真的在乎东西了，而且连实用品都一视同仁了。这两年东西实在涨得太快，电兔儿都追不上，一般读书人吃的穿的渐渐没把握；他们虽然还在勉力保持清德，但是那种达观却只好暂时搁在一边儿了。于是乎谈烟，谈酒，更开始谈柴米油盐布。这儿是第一回，先生们和太太们谈到一路上去了。酒不喝了，烟越抽越坏，越抽越少，而且在打主意戒了——将来收藏起烟斗烟嘴儿当古玩看。柴米油盐布老在想法子多收藏点儿，少消费点儿。什么都爱惜着，真做到了"一粥一饭当思来处不易"。这些人不但不再是痴聋的阿家翁，而且简直变成克家的令子了。那爱美的雅癖，不用说也得暂时的撂在一边儿。这些人除了职业的努力以外，就只在柴米油盐布里兜圈子，好像可怜见儿的。其实倒也不然。他们有那一把清骨头，够自己骄傲的。再说柴米油盐布里也未尝没趣味，特别是在现在这时候。例如今天忽然知道了油盐有公卖处，便宜那么多；今天知道了王老板家的花生油比张老板的每斤少五毛钱；今天知道柴涨了，幸而昨天买了三百斤收藏着。这些消息都可以教人带着胜利的微笑回家。这是挣扎，可也是消遣不是？能够在柴米油盐布里找着消遣的是有福的。在另一角度下，这也是达观或雅癖哪。

读书人大概不乐意也没本事改行，他们很少会摇身一变成为囤积居奇的买卖人的。他们现在虽然也爱惜东西，可是更爱惜自己；他们爱惜东西，其实也只能爱惜自己的。他们不用说爱惜自己需要的柴米油盐布，还有就只是自己箱儿笼儿里一些旧东西，书籍呀，衣服呀，什么的。这些东西跟着他们在自己的中国里流转了好多地方，几个年头，可是他们本人一向也许并不怎样在意这些旧东西，更不会跟它们亲热过一下子。可是东西越来越贵了，而且有的越来越少了，他们这才打开自己的箱笼细看，嘿！多么可爱呀，还存着这么多东西哪！于是乎一样样拿起来端详，越端详越有意思，越有劲儿，像多年不见的老朋友似的，不知道怎样亲热才好。有了这些，得闲儿就去摩挲一番，尽抵得上逛旧货铺，地摊儿，也尽抵得上喝一回好酒，抽几支好烟的。再说自己看自己原也跟别人看自己一般，压根儿是穷光蛋一个；这一来且不管别人如何，自己确是觉得富有了。瞧，寄售所，拍卖行，有的是，暴发户的买主有的是，今天拿去卖点儿，明天拿去卖点儿，总该可以贴补点儿吃的穿的。等卖光了，抗战胜利的口子也就到了，那时候这些读书人该是老脾气了，那时候他们会这样想，"一些身外之物算什么哪，又都是破烂儿！咱们还是等着逛书店，旧货铺，地摊儿罢。"

论说话的多少

  圣经贤传都教我们少说话，怕的是惹祸，你记得金人铭开头就是"古之慎言人也。戒之哉！戒之哉！无多言！多言多败。"岂不森森然有点可怕的样子，再说，多言即使不惹祸，也不过颠倒是非，决非好事。所以孔子称"仁者，其言也切"，又说"恶夫佞者"。苏秦张仪之流以及后世小说里所谓"三寸不烂之舌"的辩士，在正统派看来，也许比佞者更下一等。所以"沉默寡言""寡言笑"，简直就成了我们的美德。

  圣贤的话自然有道理，但也不可一概而论。假如你身居高位，一个字一句话都可影响大局，那自然以少说话，多点头为是。可是反过来，你如去见身居高位的人，那可就没有准儿。前几年南京有一位著名会说话的和一位著名不说话的都做了不小的官。许多人踌躇起来，还是说话好呢？还是不说话好呢？这是要看情形的：有些人喜欢说话的人，有些人不。有些事必得会说话的人去干，譬如宣传员；有些事必得少说话的人去干，譬如机要秘书。

　　至于我们这些平人，在访问，见客，聚会的时候，若只是死心眼儿，一个劲儿少说话，虽合于圣贤之道，却未见得就顺非圣贤人的眼。要是熟人，处得久了，彼此心照，倒也可以原谅的；要是生人或半生半熟的人，那就有种种看法。他也许觉得你神秘，仿佛天上眨眼的星星；也许觉得你老实，所谓"仁者，其言也切"；也许觉得你懒，不愿意卖力气；也许觉得你利害，专等着别人的话（我们家乡称这种人为"等口"）；也许觉得你冷淡，不容易亲近；也许觉得你骄傲，看不起他，甚至讨厌他这自然也看你和他的关系，以及你的相貌神气而定，不全在少说话；不过少说话是个大原因。这么着，他对你当然敬而远之，或不敬而远之。若是你真如他所想，那倒是"求仁得仁"；若是不然，就未免有点冤哉枉也。民国十六年的时候，北平有人到汉口去回来，一个同事问他汉口怎么样。他说，"很好哇，没有什么。"话是完了，那位同事只好点点头走开。他满想知道一点汉口的实在情形，但是什么也没有得着；失望之余，很觉得人家是瞧不起他哪。但是女人少说话，却当别论；因为一般女人总比男人害臊，一害臊自然说不出什么了。再说，传统的压迫也太利害；你想男人好说话，还不算好男人，女人好说话还了得！（王熙凤算是会说话的，可是在《红楼梦》里，她并不算是个好女人）可是——现在若有会说话的女人，特别是压倒男人的会说话的女人，恭维的人就一定多；因为西方动的文明已经取东方静的文明而代之，"沉默寡言"虽有时还用得着，但是究竟不如"议论风生"的难能可贵了。

说起"议论风生"，在传统里原来也是褒辞。不过只是美才，而不是美德；若是以德论，这个怕也不足重轻罢。现在人也还是看作美才，只不过看得重些罢了。

　　"议论风生"并不只是口才好；得有材料，有见识，有机智才成——口才不过机智，那是不够的。这个并不容易办到；我们平人所能做的只是在普通情形之下，多说几句话，不要太冷落场面就是。许多人喝下酒时生气时爱说话，但那是往往多谬误的。说话也有两路，一是游击式，一是包围式。有一回去看新从欧洲归国的两位先生，他们都说了许多话。甲先生从客人的话里选择题目，每个题目说不上几句话就牵引到别的上去。当时觉得也还有趣，过后却什么也想不出。乙先生也从客人的话里选题目，可是他却粘在一个题目上，只叙说在欧洲的情形。他并不用什么机智，可是说得很切实，让客人觉着有所得而去。他的殷勤，客人在口头在心上，都表示着谢意。

　　普通说话大概都用游击式；包围式组织最难，多人不能够，也不愿意去尝试。再说游击式可发可收，爱听就多说些，不爱听就少说些；我们这些人许犯贫嘴到底还不至于的。要说像"哑妻"那样，不过是法朗士的牢骚，事实上大致不会有。倒是有像老太太的，一句话重三倒四地说，也不管人家耳朵里长茧不长。这一层最难，你得记住哪些话在哪些人面前说过，才不至于说重了。有时候最难为情的是，你刚开头儿，人家就客客气气地问，"啊，后来是不是怎样怎样的?"包围式可麻烦得多。最麻烦的是人多的时候，说得半半拉拉的，大家或者交头接耳说他们自己的私话，或者打盹儿，或者东看看西看看，轻轻敲着指头想别的，或者勉强打起精神对付着你。这时候你一个人霸占着全场，说下去太无聊，不说呢，又收不住，真是骑虎之势。大概这种说话，人越多，时候越不宜长；各人的趣味不同，决不能老听你的——换题目另说倒成。说得也不宜太慢，太慢了怎么也显得长。曾经听过两位著名会说话的人说故事，大约因为唤起注意的缘故罢，加了好些个助词，慢慢地叙过去，足有十多分钟，算是完了；大家虽不至疲倦，却已暗中着急。声音也不宜太平，太平了就单调；但又丝毫不能做作。这种说话只宜叙说或申说，不能掺一些教导气或劝导气。长于演说的人往往免不了这两种气味。有个朋友说某先生口才太好，教人有戒心，就是这个意思。所以包围式说话要靠天才，我们平人只能学学游击式，至多规模较大而已。我们在普通情形之下，只不要像林之孝家两口子"一锥子扎不出话来"，也就行了。

绥行纪略

十八日奉教职员公会会长冯芝生先生之命，携带同仁捐款二千元，前往绥远及平地泉慰劳前方抗战将士。晚六时许，在清华园站上车，偕行者有学生自治会代表王达仁先生，燕大中国教职员会代表梅贻宝先生，学生会代表朱焘谱先生，新闻学系同学王若兰女士。三等车有卧铺，有暖气，褥子及枕头均洁白；惟室中未免太暖耳。十九日早过平地泉，有受伤官长一人，用绷架抬上火车。车门嫌窄，抬入极为不易。后知此受伤之人乃三十五军二一八旅参谋席卓先生，系在红格尔图被飞机掷弹炸伤胸部，用载重汽车送至平地泉，再由火车送绥。席先生经百余里之颠簸，上火车时绷架又再三转侧，当时情形极为痛苦，但不能言。抵绥后即送往教会所办之公医院，经打三针，惟失血过多，势甚危险。记此以见前方医药及救护之缺乏也。

车离平地泉，遇合众社访员瑞典苏德邦先生，谈话甚多。证以后来所闻，其语亦不尽确。但谓十八晚曾晤傅主席，傅主席有决心与自信，又谓绥远人心极安定，则皆实情也。又谓北平英文《时事日报》曾传卓资山美教士夫妇被掳，绝无其事。
彼昨犹晤该教士。惟该教士因报载被掳消息，反觉疑惧。苏谒
傅主席时曾谈及此事，傅主席谓绥境治安毫无问题。时苏又云，
车过卓资山，该教士或在站台上，当即以此告之。惟彼谈话兴
致过浓，言下探首窗外，则卓资山站已过矣。

十二时许抵绥，将行李送至绥新旅舍，即至饭馆用午饭，
并邀归绥中学霍世休校长至饭馆谈话。霍先生系本校研究院毕
业同学。霍先生来时，梅先生即托其代约新闻记者及各校校长，
于晚八时至旅社茶会。霍先生即作午饭东道主。午后三时至省
政府。事先梅先生有一电来。至是省府派王斌先生招待，晤曾
厚载秘书长。曾秘书长见告，红格尔图于王道一乱后，即筑有
土圩一道。此次匪军三千压境，我方惟骑兵两连约二百人驻守。
另有保卫队十人。此十人皆系退伍兵士，用以联合并指导已受
训练之壮丁，俾资保卫乡土。匪军飞机坦克车应有尽有。我方
只由骑兵及保卫队壮丁等各任土圩两面防守之责。历一日一夜，
屹然不动，死伤甚少。其后援军始至。骑兵作用原在攻，而竟
能坚守若此，可见士气之旺也。

曾秘书长谈至是，因纵论绥省壮丁训练情形。谓第一期时
人民多观望不前；第一期毕业，傅主席特召集诸壮丁父老来省
参观。诸父老见其子弟所受待遇甚佳，诸壮丁见其父老，亦均
欣然述其所受教益；其原有嗜好者，至是且已戒除。父老皆欢
忭。故第二期时，壮丁莫不踊跃入省受训。此项壮丁，名为防
共自卫团，不曰"抗敌"者，避敌注意也。曾秘书长又谈乡村

建设委员会训练向导员情形。谓此种向导员皆曾受高小教育之青年。受训既毕，即分往各本乡服务。一面辅助乡长办理本乡事务，一面联合壮丁，一面兼任小学校长。过去乡村保卫团多由乡长主持，费多而效少；今行向导员制，方能实收民众组织之利，且上下感情亦不致扞格不通也。

嗣复论及此次抗战。谓半年来绥境所作防御工事甚多。有时日夜工作。如碉堡等，皆以铁筋洋灰为之，并均自以小炮试验，确系坚固。若仅匪军来扰，可保万无一失。至前线兵士，皮大衣大致已备，但天气如再寒冷，鞋袜耳套手套等，恐甚为需要。绥地买不出许多，且制作工人太少；此事颇盼平津及他处同胞帮忙。又谓绥地民众极能与政府合作，即如近日为前方制烧饼，全城饼师，皆加紧工作，且互相谓曰："这是给我们弟兄们吃的，得烤熟些。"据吾人观察，绥省军政民三方面确能打成一片，通力合作，不仅一时一事为然。

曾秘书长又谈及半年来察北民众因不堪匪伪压迫，携带老小及动产来绥东者甚众。又谓近来接各处慰劳信件款项等，平均每日二十份，极为感念。末谓十八日红格尔图击伤匪方飞机一架，机尾有特种标志，惜被其逃去云。

自省府归后，有英记者布朗来访。其人代表英国《新闻时事报》北美通讯社及瑞典通讯社。自云甫自日本来。梅先生即告以国人决心，绥远不能再让，任何牺牲亦所不辞云云。晚六时，教育厅厅长阎伟先生招宴，宴毕回旅舍开茶会，到新闻记者及各校长约二十人。梅先生述两校代表来绥之使命有三：一、对抗战诸将士表示敬佩，并表示绥远乃全国人之绥远；二、视察绥远实况，以便告知平津同胞；三、调查前方所最需要之物品，俾后援知所措手。各代表亦详述两校募捐停火绝食等事。新闻记者有答辞，并报告前方情况，归绥中学霍校长亦有答辞，谓绥教育界已具决心，愿与土地共存亡；教育界深知绥远为国家命脉，决不能让寸土尺地。又谓学生将组织自卫团，在后方服务。

二十日晨，清至归绥中学演讲，请学生切实受军事训练并养成组织力。讲毕，与梅先生等同至防共自卫团常备队。民政厅厅长袁庆曾主任及李大超副主任即召集该队三千六百余人列队请各代表演讲。各队员皆年轻力壮，满面红光；朴质之中，透出忠悫。听讲约一小时，始终整齐严肃，毫不懈怠。袁主任见告，第一期壮丁大都是高小毕业生；此系第二期，真正老百姓。李副主任见告，训练程序，学科方面共分四段：首教新生活，次教社会常识，次教帝国主义压迫史，次教民族奋斗史。术科则注重游击战术。队中政训员则由乡建会训练；分发各乡即为向导员。

午省政府招宴。当将顾一樵先生嘱携来之防毒面具样品一件交专司此类事之杨处长。据云，前曾电燕大寄来一具，适亦于是日寄到。宴毕，参观乡建会，即训练向导员之处。惟该会因向导员已足用，顷已暂停训练矣。时闻傅主席已回省，即往晋谒。傅主席略述战况，谓王英部已消灭，匪等此次企图完全失败；此后或有短期间之平静，但再来时力量必更加厚。清及王达仁先生即将捐款汇票呈上；梅先生等亦言正在募捐中。傅主席表示谢意，并希望吾人从科学方面帮忙，如防毒设备等。

晚应各厅长各官长宴，宴毕，即上车至平地泉。省府派王先生陪同前往。夜一时余抵站，暗中摸索，投宿县政府。二十一晨，二一八旅部得省政府电，派陈世杰参谋偕同樊涤清军法官来接洽；《大公报》绥远特派员范希天先生（长江）及绥远第二师范郭吉庵校长亦同至。郭校长约早饭。平地泉本只有二三人家，铁路通后，始渐有粮店；但出门一望，平沙莽莽，犹是十足边塞风味也。席间谈及此次战事，知我方以攻为守；十六七两日，夜间以汽车运步兵三团，又有骑兵三团，约共二万余人一同开往前方。十九日晨二时施行总攻击。匪军约二万人，皆乌合之众，不能力战。经我军驱逐退去，死伤甚众；后发见死者中有伪团长二人。时我方战壕中军士皆出壕大呼"中华民国万岁"。骑兵出发时，范希天先生曾亲见，兵士皆着皮帽，有尾，高踞马上，行色甚壮。此次战役，我方伤兵共一百十余人，重伤者分送绥远及大同后方医院，轻伤者留本地野战病院疗养，但医药与救护均极缺乏。此不独有关人道，且受伤者比较多，医药设备太差，治疗不易，战斗力之损失亦甚大也。至兴和方面，非匪主力所在。我方有六十八师部队驻守，匪屡有小股来犯，皆被击退云。

早饭后，至第二师范，适平地泉各界自卫会在此开会，遇留守司令苏开元团长。苏东北人，爱国心极热烈，虽匆匆一谈，印象颇深。论及学生救国会事，谓可加入自卫会共同工作；如有与他处学生救国会联系之处，亦可单独办理，俾仍不失其独立性。此意见甚为切实。是日师范学生亦绝食一日，并议决下周停火一周；平地泉停火，又非北平可比，而仍毅然仿行，甚为可佩。十二时学生救国会开会，余等亦参加，各有简短之演辞。旋至野战病院慰问伤兵。伤兵约八九人，共住一室，两校代表合赠五元，作购买食物之用。又有官长二人，另居一室，代表等亦加慰问。诸人均非重伤，有已将就痊者。出病院，即乘赵承绥骑兵司令派来之汽车前往城外晋谒。赵司令谈话坦白，无城府；派赵参谋伴同往观防御工事，规模甚大。观毕，入城应旅部宴会。董旅长在前方，即由陈参谋代表。席间遇蒙藏委员会调查员陈佑城先生，据云在西北工作已年余，觉蒙古问题甚大；惜将上车，不及详谈。下午五时许登车，送行者甚众。二十二日晨六时余返校。此行计在绥留一日半，在平地泉留一日，多承傅主席及各军政长官与地方人士予以种种调查及视察之便利，并承厚待，极为感谢也。

北平沦陷那一天

　　二十六年七月二十七日的下午，风声很紧，我们从西郊搬到西单牌楼左近胡同里朋友的屋子里。朋友全家回南，只住着他的一位同乡和几个仆人。我们进了城，城门就关上了。街上有点乱，但是大体上还平静。听说敌人有哀的美敦书给我们北平的当局，限二十八日答复，实在就是叫咱们非投降不可。要不然，二十八日他们便要动手。我们那时虽然还猜不透当局的意思。但是看光景，背城一战是不可免的。

　　二十八日那一天，在床上便听见隆隆的声音。我们想，大概是轰炸西苑兵营了。赶紧起来，到胡同口买报去。胡同口正冲着西长安街。这儿有西城到东城的电车道，可是这当儿两头都不见电车的影子。只剩两条电车轨在闪闪的发光。街上洋车也少，行人也少。那么长一条街，显得空空的，静静的。胡同口，街两边走道儿上却站着不少闲人，东望望，西望望，都不做声，像等着什么消息似的。街中间站着一个警察，沉着脸不说话。有一个骑车的警察，扶着车和他咬了几句耳朵，又匆匆上车走了。

报上看出咱们是决定打了。我匆匆拿着报看着回到住的地方。隆隆的声音还在稀疏的响着。午饭匆匆的吃了。门口接二连三的叫"号外！号外！"买进来抢着看，起先说咱们抢回丰台，抢回天津老站了，后来说咱们抢回廊坊了，最后说咱们打进通州了。这一下午，屋里的电话铃也直响。有的朋友报告消息，有的朋友打听消息。报告的消息有的从地方政府里得来，有的从外交界得来，都和"号外"里说的差不多。我们眼睛忙着看号外，耳朵忙着听电话，可是忙得高兴极了。

六点钟的样子，忽然有一架飞机嗡嗡的出现在高空中。大家都到院子里仰起头看，想看看是不是咱们中央的。飞机绕着弯儿，随着弯儿，均匀的撒着一沓一沓的纸片儿，像个长尾巴似的。纸片儿马上散开了，纷纷扬扬的像蝴蝶儿乱飞。我们明白了，这是敌人打得不好，派飞机来撒传单冤人了。仆人们开门出去，在胡同里捡了两张进来，果然的。满纸荒谬的劝降的话。我们略看一看，便撕掉扔了。

天黑了，白天里稀疏的隆隆的声音却密起来了。这时候屋里的电话铃也响得密起来了。大家在电话里猜着，是敌人在进攻西苑了，是敌人在进攻南苑了。这是炮声，一下一下响的是咱们的，两下两下响的是他们的。可是敌人怎么就能够打到西苑或南苑呢？谁都在闷葫芦里！一会儿警察挨家通知，叫塞严了窗户跟门儿什么的，还得准备些土，拌上尿跟葱，说是夜里敌人的飞机许来放毒气。我们不相信敌人敢在北平城里放毒气。

但是仆人们照着警察吩咐的办了。我们焦急的等着电话里的好消息，直到十二点才睡。睡得不坏，模糊的凌乱的做着胜利的梦。

二十九日天刚亮，电话铃响了。一个朋友用确定的口气说，宋哲元、秦德纯昨儿夜里都走了！北平的局面变了！就算归了敌人了！他说昨儿的好消息也不是全没影儿，可是说得太热闹些。他说我们现在像从天顶上摔下来了，可是别灰心！瞧昨儿个大家那么焦急的盼望胜利的消息，那么热烈的接受胜利的消息，可见北平的人心是不死的。只要人心不死，最后的胜利终久是咱们的！等着瞧罢，北平是不会平静下去的，总有那么一天，咱们会更热闹一下。那就是咱们得着决定的胜利的日子！这个日子不久就会到来的！我相信我的朋友的话句句都不错！

新中国在望中

抗战的中国在我们的手里，胜利的中国在我们的面前，新生的中国在我们的望中。

中国要从工业化中新生。我们要自己制造飞机，坦克车，军舰；我们要有自己的天，自己的地，自己的海。我们要有无数的"机器的奴隶"给我们工作；穿的，吃的，住的，代步的，都教它们做出来。我们用机器制造幸福，不靠神圣以及不可知的力量。

中国要从民主化中新生。贤明的领袖应该不坐在民众上头，而站在民众中间；他们和民众面对面，手挽手。他们拉着民众向前走，民众也推着他们向前走。民众叫出自己的声音，他们集中民众的力量。各级政府都建设在民众的声音和力量上，为了最大多数的最大幸福而努力。这是民治，民有，民享。

中国要从集纳化中新生。地广民众的中国要统一意志与集中力量，必得靠公众的喉舌，打通层层的壁垒。报纸将和柴米油盐并肩列为人们的"开门"几件事之一。这就是集结化。报纸要表现时代，批评时代，促进时代；它不但得在四万万人的手里，并且得在四万万人的心里。它会给你知识，给你故事，给你诗，教导你，安慰你，帮助你认识时代，建立自己，建立国家。

是的，在我们面前的是胜利的中国，在我们望中的是新生的中国。可是非得我们再接再厉的硬干，苦干，实干，新中国不会到我们手里！

重庆一瞥

重庆的大，我这两年才知道。从前只知重庆是一个岛，而岛似乎总大不到哪儿去的。两年前听得一个朋友谈起，才知道不然。他一向也没有把重庆放在心上。但抗战前二年走进夔门一看，重庆简直跟上海差不多；那时他确实吃了一惊。我去年七月到重庆时，这一惊倒是幸而免了。却是，住了一礼拜，跑的地方不算少，并且带了地图在手里，而离开的时候，重庆在我心上还是一座丈八金身，摸不着头脑。重庆到底好大，我现在还是说不出。

从前许多人，连一些四川人在内，都说重庆热闹，俗气，我一向信为定论。然而不尽然。热闹，不错，这两年更其是的；俗气，可并不然。我在南岸一座山头上住了几天。朋友家有一个小廊子，和重庆市面对面儿。清早江上雾蒙蒙的，雾中隐约着重庆市的影子。重庆市南北够狭的，东西却够长的，展开来像一幅扇面上淡墨轻描的山水画。雾渐渐消了，轮廓渐渐显了，扇上面着了颜色，但也只淡淡儿的，而且阴天晴天差不了多少似的。一般所说的俗陋的洋房，隔了一衣带水却出落得这般素雅，谁知道！再说在市内，傍晚的时候我跟朋友在枣子岚垭，观音岩一带散步，电灯亮了，上上下下，一片一片的是星的海，光是海。一盏灯一个眼睛，传递着密语，像旁边没有一个人。没有人，还哪儿来的俗气？

从昆明来，一路上想，重庆经过那么多回轰炸，景象该很惨罢。报上虽不说起，可是想得到的。可是，想不到的！我坐轿子，坐洋车，坐公共汽车，看了不少的街，炸痕是有的，瓦砾场是有的，可是，我不得不吃惊了，整个的重庆市还是堂皇伟丽！街上还是川流不息的车子和步行人，挤着挨着，一个垂头丧气的也没有。有一早上坐在黄家垭口那家宽敞的豆乳店里，街上开过几辆炮车。店里的人都起身看，沿街也聚着不少的人。这些人的眼里都充满了安慰和希望。只要有安慰和希望，怎么轰炸重庆市的景象也不会惨的。我恍然大悟了。——只看去年秋天那回大轰炸以后，曾几何时，我们的陪都不是又建设起来了吗！

重庆行记

　　这回暑假到成都看看家里人和一些朋友，路过陪都，停留了四日。每天真是东游西走，几乎车不停轮，脚不停步。重庆真忙，像我这个无事的过客，在那大热天里，也不由自主的好比在旋风里转，可见那忙的程度。这倒是现代生活现代都市该有的快拍子。忙中所见，自然有限，并且模糊而不真切。但是换了地方，换了眼界，自然总觉得新鲜些，这就乘兴记下了一点儿。

飞

　　我从昆明到重庆是飞的。人们总羡慕海阔天空，以为一片茫茫，无边无界，必然大有可观。因此以为坐海船坐飞机是"不亦快哉"！其实也未必然。晕船晕机之苦且不谈，就是不晕的人或不晕的时候，所见虽大，也未必可观。海洋上见的往往是一片汪洋，水，水，水。当然有浪，但是浪小了无可看，大了无法看——那时得躲进舱里去。船上看浪，远不如岸上，更不如高处。海洋里看浪，也不如江湖里，海洋里只是水，只是浪，显不出那大气力。江湖里有的是遮遮碍碍的，山哪，城哪，什么的，倒容易见出一股劲儿。"江间波浪兼云涌"为的是巫峡勒住了江水；"波撼岳阳城"，得有那岳阳城，并且得在那岳阳城楼上看。

不错，海洋里可以看日出和日落，但是得有运气。日出和日落全靠云霞烘托才有意思。不然，一轮呆呆的日头简直是个大傻瓜！云霞烘托虽也常有，但往往淡淡的，懒懒的，那还是没意思。得浓，得变，一眨眼一个花样，层出不穷，才有看头。这是可遇而不可求的。平生只见过两回的落日，都在陆上，不在水里。水里看见的，日出也罢，日落也罢，只是些傻瓜而已。这种奇观若是有意为之，大概白费气力居多。有一次大家在衡山上看日出，起了个大清早等着。出来了，出来了，有些人跳着嚷着。那时一丝云彩没有，日光直射，教人睁不开眼，不知那些人看到了些什么，那么跳跳嚷嚷的。许是在自己催眠吧。自然，海洋上也有美丽的日落和日出，见于记载的也有。但是得有运气，而有运气的并不多。

赞叹海的文学，描摹海的艺术，创作者似乎是在船里的少，在岸上的多。海太太太单调，真正伟大的作家也许可以单刀直入，一般离了岸却掉不出枪花来，像变戏法的离开了道具一样。这些文学和艺术引起未曾航海的人许多幻想，也给予已经航海的人许多失望。天空跟海一样，也大也单调。日月星的，云霞的文学和艺术似乎不少，都是下之视上，说到整个儿天空的却不多。星空，夜空还见点儿，昼空除了"青天""明蓝的晴天"或"阴沉沉的天"一类词儿之外，好像再没有什么说的。但是初次坐飞机的人虽无多少文学艺术的背景帮助他的想象，却总还有那"天宽任鸟飞"的想象；加上别人的经验，上之视下，似乎不只是苍苍而已，也有那翻腾的云海，也有那平铺的锦绣。这就够揣摩的。

但是坐过飞机的人觉得也不过如此，云海飘飘拂拂的弥漫了上下四方，的确奇。可是高山上就可以看见；那可以是云海外看云海，似乎比飞机上云海中看云海还清切些。苏东坡说得好："不识庐山真面目，只缘身在此山中。"飞机上看云，有时却只像一堆堆破碎的石头，虽也算得天上人间，可是我们还是愿看流云和停云，不愿看那死云，那荒原上的乱石堆。至于锦绣平铺，大概是有的，我却还未眼见。我只见那"亚洲第一大水扬子江"可怜得像条臭水沟似的。城市像地图模型，房屋像儿童玩具，也多少给人滑稽感。自己倒并不觉得怎样藐小，却只不明白自己是什么玩意儿。假如在海船里有时会觉得自己是傻子，在飞机上有时便会觉得自己是丑角吧。然而飞机快是真的，两点半钟，到重庆了，这倒真是个"不亦快哉"！

热

　　昆明虽然不见得四时皆春，可的确没有一般所谓夏天。今年直到七月初，晚上我还随时穿上衬绒袍。飞机在空中走，一直不觉得热，下了机过渡到岸上，太阳晒着，也还不觉得怎样热。在昆明听到重庆已经很热。记得两年前端午节在重庆一间屋里坐着，什么也不做，直出汗，那是一个时雨时晴的日子。想着一下机必然汗流浃背，可是过渡花了半点钟，满晒在太阳里，汗珠儿也没有沁出一个。后来知道前两天刚下了雨，天气的确清凉些，而感觉既远不如想象之甚，心里也的确清凉些。

　　滑竿沿着水边一线的泥路走，似乎随时可以滑下江去，然而毕竟上了坡。有一个坡很长，很宽，铺着大石板。来往的人很多，他们穿着各样的短衣，摇着各样的扇子，真够热闹的。片段的颜色和片段的动作混成一幅斑驳陆离的画面，像出于后期印象派之手。我赏识这幅画，可是好笑那些人，尤其是那些扇子。那些扇子似乎只是无所谓的机械的摇着，好像一些无事忙的人。当时我和那些人隔着一层扇子，和重庆也隔着一层扇子，也许是在滑竿儿上坐着，有人代为出力出汗，会那样心地清凉罢。

　　第二天上街一走，感觉果然不同，我分别了重庆的热了。扇子也买在手里了。穿着成套的西服在大太阳里等大汽车，等到了车，在车里挤着，实在受不住，只好脱了上装，折起挂在膀子上。有一两回勉强穿起上装站在车里，头上脸上直流汗，手帕子简直揩抹不及，眉毛上，眼镜架上常有汗偷偷的滴下。这偷偷滴下的汗最教人担心，担心它会滴在面前坐着的太太小姐的衣服上，头脸上，就不是太太小姐，而是绅士先生，也够那个的。再说若碰到那脾气躁的人，更是吃不了兜着走。曾在北平一家戏园里见某甲无意中碰翻了一碗茶，泼些在某乙的竹布长衫上，某甲直说好话，某乙却一声不响的拿起茶壶向某甲身上倒下去。碰到这种人，怕会大闹街车，而且是越闹越热，越热越闹，非到宪兵出面不止。

　　话虽如此，幸而倒没有出什么岔儿，不过为什么偏要白白的将上装挂在膀子上，甚至还要勉强穿上呢？大概是为的绷一手儿罢。在重庆人看来，这一手其实可笑，他们的夏威夷短裤儿照样绷得起，何必要多出汗呢？这重庆人和我到底还隔着一个心眼儿。再就说防空洞罢，重庆的防空洞，真是大大有名，死心眼儿的以为防空洞只能防空，想不到也能防热的，我看沿街的防空洞大半开着，洞口横七竖八的安些床铺、马札子、椅子、凳子，横七竖八的坐着、躺着各样衣着的男人、女人。在街心里走过，瞧着那懒散的样子，未免有点儿烦气。这自然是死心眼儿，但是多出汗又好烦气，我似乎倒比重庆人更感到重庆的热了。

行

衣食住行，为什么却从行说起呢？我是行客，写的是行记，自然以为行第一。到了重庆，得办事，得看人，非行不可，若是老在屋里坐着，压根儿我就不会上重庆来了。再说昆明市区小，可以走路；反正住在那儿，这回办不完的事，还可以留着下回办，不妨从从容容的，十分忙或十分懒的时候，才偶尔坐回黄包车、马车或公共汽车。来到重庆可不能这么办，路远、天热，日子少、事情多，只靠两腿怎么也办不了。况这儿的车又相应、又方便，又何乐而不坐坐呢？

前几年到重庆，似乎坐滑竿最多，其次黄包车，其次才是公共汽车。那时重庆的朋友常劝我坐滑竿，因为重庆东到西长，有一圈儿马路，南到北短，中间却隔着无数层坡儿。滑竿可以爬坡，黄包车只能走马路，往往要兜大圈子。至于公共汽车，常常挤得水泄不通，半路要上下，得费出九牛二虎之力，所以那时我总是起点上终点下的多，回数自然就少。坐滑竿上下坡，一是脚朝天，一是头冲地，有些惊人，但不要紧，滑竿夫倒把得稳。从前黄包车下打铜街那个坡，却真有惊人的着儿，车夫身子向后微仰，两手紧压着车把，不拉车而让车子推着走，脚底下不由自主的忽紧忽慢，看去有时好像不点地似的，但是一个不小心，压不住车把，车子会翻过去，那时真的是脚不点地了，这够险的。所以后来黄包车禁止走那条街，滑竿现在也限制了，只准上坡时坐。可是公共汽车却大进步了。

这回坐公共汽车最多，滑竿最少。重庆的公用汽车分三类，一是特别快车，只停几个大站，一律廿五元，从哪儿坐到哪儿都一样，有些人常拣那候车人少的站口上车，兜个圈子回到原处，再向目的地坐；这样还比走路省时省力，比雇车省时省力省钱。二是专车，只来往政府区的上清寺和商业区的都邮街之间，也只停大站，廿五元。三是公共汽车，站口多，这回没有坐，好像一律十五元，这种车比较慢，行客要的是快，所以我没有坐。慢固然因停的多，更因为等的久。重庆汽车，现在很有秩序了，大家自动的排成单行，依次而进，坐位满人，卖票人便宣布还可以挤几个，意思是还可以"站"几个。这时愿意站的可以上前去，不妨越次，但是还得一个跟一个"挤"满了，卖票宣布停止，叫等下次车，便关门吹哨子走了。公共汽车站多价贱，排班老是很长，在腰站上，一次车又往往上不了几个，因此一等就是二三十分钟，行客自然不能那么耐着性儿。

衣

二十七年春初过桂林，看见满街都是穿灰布制服的，长衫极少，女子也只穿灰衣和裙子。那种整齐，利落，朴素的精神，叫人肃然起敬；这是有训练的公众。后来听说外面人去得多了，长衫又多起来了。国民革命以来，中山服渐渐流行，短衣日见其多，抗战后更其盛行。从前看不起军人，看不惯洋人，短衣不愿穿，只有女人才穿两截衣，哪有堂堂男子汉去穿两截衣的。可是时世不同了，男子倒以短装为主，女子反而穿一截衣了。桂林长衫增多，增多的大概是些旧长衫，只算是回光返照。可是这两三年各处却有不少的新长衫出现，这是因为公家发的平价布不能做短服，只能做长衫，是个将就局儿。相信战后材料方便，还要回到短装的，这也是一种现代化。

四川民众苦于多年的省内混战，对于兵字深恶痛绝，特别称为"二尺五"和"棒客"，列为一等人。我们向来有"短衣帮"的名目，是泛指，"二尺五"却是特指，可都是看不起短衣。四川似乎特别看重长衫，乡下人赶场或入市，往往头缠白布，脚蹬草鞋，身上却穿着青布长衫。是粗布，有时很长，又常东补一块，西补一块的，可不含糊是长衫。也许向来是天府之国，衣食足而后知礼义，便特别讲究仪表，至今还留着些流风余韵罢？然而城市中人却早就在赶时髦改短装了。短装原是洋派，但是不必遗憾，赵武灵王不是改了短装强兵强国吗？短装至少有好些方便的地方：夏天穿个衬衫短裤就可以大模大样的在街上走，长衫就似乎不成。只有广东天热，又不像四川在意小节，短衫裤可以行街。可是所谓短衫裤原是长裤短衫，广东的短衫又很长，所以还行得通，不过好像不及衬衫短裤的派头。

不过衬衫短裤似乎到底是便装，记得北平有个大学开教授会，有一位教授穿衬衫出入，居然就有人提出风纪问题来。三年前的夏季，在重庆我就见到有穿衬衫赴宴的了，这是一位中年的中级公务员，而那宴会是很正式的，座中还有位老年的参政员。可是那晚的确热，主人自己脱了上装，又请客人宽衣，于是短衫和衬衫围着圆桌子，大家也就一样了。西服的客人大概搭着上装来，到门口穿上，到屋里经主人一声"宽衣"，便又脱下，告辞时还是搭着走。其实真是多此一举，那么热还绷个什么呢？不如衬衫入座倒干脆些。可是中装的却得穿着长衫来去，只在室内才能脱下。西服客人累累赘赘带着上装，倒可以陪他们受点儿小罪，叫他们不至于因为这点不平而对于世道人心长吁短叹。

　　战时一切从简，衬衫赴宴正是"从简"。"从简"提高了便装的地位，于是乎造成了短便装的风气。先有皮夹克，春秋冬三季（在昆明是四季），大街上到处都见，黄的、黑的、拉链的、扣纽的、收底的、不收底边的，花样繁多。穿的人青年中年不分彼此，只除了六十以上的老头儿。从前穿的人多少带些个"洋"关系，现在不然，我曾在昆明乡下见过一个种地的，穿的正是这皮夹克，虽然旧些。不过还是司机穿的最早，这成了司机文化一个重要项目。皮夹克更是哪儿都可去，昆明我的一位教授朋友，就穿着一件老皮夹克教书、演讲、赴宴、参加典礼，到重庆开会，差不多是皮夹克为记。这位教授穿皮夹克，似乎在学晏子穿狐裘，三十年就靠那一件衣服，他是不是赶时髦，我不能冤枉人，然而皮夹克上了运是真的。

再就是我要说的这两年至少在重庆风行的夏威夷衬衫，简称夏威夷衫，最简称夏威衣。这种衬衫创自夏威夷，就是檀香山，原是一种土风。夏威夷岛在热带，译名虽从音，似乎也兼义。夏威夷衣自然只宜于热天，只宜于有"夏威"的地方，如中国的重庆等。重庆流行夏威衣却似乎只是近一两年的事。去年夏天一位朋友从重庆回到昆明，说是曾看见某首长穿着这种衣服在别墅的路上散步，虽然在黄昏时分，我的这位书生朋友总觉得不大像样子。今年我却看见满街都是的，这就是所谓上行下效罢？

夏威衣翻领像西服的上装，对襟面袖，前后等长，不收底边，不开衩儿，比衬衫短些。除了翻领，简直跟中国的短衫或小衫一般无二。但短衫穿不上街，夏威衣即可堂哉皇哉在重庆市中走来走去。那翻领是具体而微的西服，不缺少洋味，至于凉快，也是有的。夏威衣的确比衬衫通风；而看起来飘飘然，心上也爽利。重庆的夏威衣五光十色，好像白绸子黄咔叽居多，土布也有，绸的便更见其飘飘然，配长裤的好像比配短裤的多一些。在人行道上有时通过持续来了三五件夏威衣，一阵飘过去似的，倒也别有风味，参差零落就差点劲儿。夏威衣在重庆似乎比皮夹克还普遍些，因为便宜得多，但不知也会像皮夹克那样上品否。到了成都时，宴会上遇见一位上海新来的青年衬衫短裤入门，却不喜欢夏威衣（他说上海也有），说是无礼貌。这可是在成都、重庆人大概不会这样想吧？

执政府大屠杀记

三月十八是一个怎样可怕的日子！我们永远不应该忘记这个日子！

这一日，执政府的卫队，大举屠杀北京市民——十分之九是学生！死者四十余人，伤者约二百人！这在北京是第一回大屠杀！

这一次的屠杀，我也在场，幸而直到出场时不曾遭着一颗弹子；请我的远方的朋友们安心！第二天看报，觉得除一两家报纸外，各报记载多有与事实不符之处。究竟是访闻失实，还是安着别的心眼儿，我可不得而知，也不愿细论。我只说我当场眼见和后来耳闻的情形，请大家看看这阴惨惨的二十世纪二十六年三月十八日的中国！——十九日《京报》所载几位当场逃出的人的报告，颇是翔实，可以参看。

我先说游行队。我自天安门出发后，曾将游行队从头至尾看了一回。全数约二千人；工人有两队，至多五十人；广东外交代表团一队，约十余人；国民党北京特别市党部一队，约二三十人；留日归国学生团一队，约二十人，其余便多是北京的学生了，内有女学生队。拿木棍的并不多，而且都是学生，不过十余人；工人拿木棍的，我不曾见。木棍约三尺长，一端削尖了，上贴书有口号的纸，做成旗帜的样子。至于"有铁钉的木棍"我却不曾见！

我后来和清华学校的队伍同行，在大队的最后。我们到执政府前空场上时．大队已散开在满场了。这时府门前站着约莫两百个卫队，分两边排着；领章一律是红地，上面"府卫"两个黄铜字，确是执政府的卫队。他们都背着枪，悠然的站着：毫无紧张的颜色。而且枪上不曾上刺刀，更不显出什么威武。这时有一个人爬在石狮子头上照相。那边府里正面楼上，栏杆上伏满了人，而且拥挤着，大约是看热闹。在这一点上，执政府颇像寻常的人家，而不像堂堂的"执政府"了。照相的下了石狮子，南边有了报告的声音："他们说是一个人没有，我们怎么样？"这大约已是代表被拒以后了；我们因走进来晚，故未知前事——但在这时以前，群众的嚷声是决没有的。到这时才有一两处的嚷声了："回去是不行的！""吉兆胡同！""……"忽然队势散动了，许多人纷纷往外退走；有人连声大呼："大家不要走，没有什么事！"一面还扬起了手。我们清华队的指挥也扬起手叫道："清华的同学不要走，没有事！"这其间，人众稍稍聚拢，但立刻即又散开；清华的指挥第二次叫声刚完，我看见众人纷纷逃避时，一个卫队已装完子弹了！我赶忙向前跑了几步，向一堆人旁边睡下；但没等我睡下，我的上面和后面各来了一个人，紧紧地挨着我。我不能动了，只好蜷曲着。

这时已听到噼噼啪啪的枪声了；我生平是第一次听枪声，起初还以为是空枪呢（这时已忘记了看见装子弹的事）。但一两分钟后，有鲜红的热血从上面滴到我的手背上，马褂上了，我立刻明白屠杀已在进行！这时并不害怕，只静静的注意自己的运命，其余什么都忘记。全场除噼啪的枪声外，也是一片大静默，绝无一些人声；什么"哭声震天"，只是记者先生们的"想当然耳"罢了。我上面流血的那一位，虽滴滴地流着血，直到第一次枪声稍歇，我们爬起来逃走的时候，他也不则一声。这正是死的袭来，沉默便是死的消息。事后想起，实在有些悚然。在我上面的不知是谁？我因为不能动转，不能看见他；而且也想不到看他——我真是个自私的人！后来逃跑的时候，才又知道掉在地下的我的帽子和我的头上，也滴了许多血，全是他的！他足流了两分钟以上的血，都流在我身上，我想他总吃了大亏，愿神保佑他平安！第一次枪声约经过五分钟，共放了好几排枪；司令的是用警笛；警笛一鸣，便是一排枪，警笛一声接着一声，枪声就跟着密了，那警笛声甚凄厉，但有几乎一定的节拍，足见司令者的从容！后来听别的目睹者说，司令者那时还用指挥刀指示方向，总是向人多的地方射击！又有目睹者说，那时执政府楼上还有人手舞足蹈的大乐呢！

我现在缓叙第一次枪声稍歇后的故事，且追述些开枪时的情形。我们进场距开枪时，至多四分钟；这其间有照相有报告，有一两处的嚷声，我都已说过了。我记得，我确实记得，最后的嚷声距开枪只有一分余钟；这时候，群众散而稍聚，稍聚而复纷散，枪声便开始了。这也是我说过的。但"稍聚"的时候，阵势已散，而且大家存了观望的心，颇多趑趄不前的，所谓"进攻"的事是决没有的！至于第一次纷散之故，我想是大家看见卫队从背上取下枪来装子弹而惊骇了；因为第二次纷散时，我已看见一个卫队（其余自然也是如此，他们是依命令动作的）装完子弹了。在第一次纷散之前，群众与卫队有何冲突，我没有看见，不得而知。但后来据一个受伤的说，他看见有一部分人——有些是拿木棍的——想要冲进府去。这事我想来也是有的；不过这决不是卫队开枪的缘由，至多只是他们的借口。他们的荷枪挟弹与不上刺刀（故示镇静）与放群众自南入辕门内（便于射击），都是表示他们"聚而歼旃"的决心，冲进去不冲进去是没有多大关系的。证以后来东门口的拦门射击，更是显明！原来先逃出的人，出东门时，以为总可得着生路；哪知迎头还有一支兵——据某一种报上说，是从吉兆胡同来的手枪队，不用说，自然也是杀人不眨眼的府卫队了！——开枪痛击。那时前后都有枪弹，人多门狭，前面的枪又极近，死亡枕藉！这是事后一个学生告诉我的；他说他前后两个人都死了，他躲闪了一下，总算幸免。这种间不容发的生死之际也够人深长思了。

照这种种情形，就是不在场的诸君，大约也不至于相信群众先以手枪轰击卫队了吧。而且轰击必有声音，我站的地方，离开卫队不过二十余步，在第二次纷散之前，却绝未听到枪声。其实这只要看政府巧电的含糊其辞，也就够证明了。至于所谓

当场夺获的手枪，虽然像煞有介事地举出号数，使人相信，但
我总奇怪；夺获的这些支手枪，竟没有一支曾经当场发过一响，
以证明他们自己的存在——难道拿手枪的人都是些傻子么？还
有，现在很有人从容的问："开枪之前，有警告么？"我现在只
能说，我看见的一个卫队，他的枪口是正对着我们的，不过那
是刚装完子弹的时候。而在我上面的那位可怜的朋友，他流血
是在开枪之后约一两分钟时。我不知卫队的第一排枪是不是朝
天放的，但即使是朝天放的，也不算是警告；因为未开枪时，
群众已经纷散，放一排朝天枪（假定如此）后，第一次听枪声
的群众，当然是不会回来的了（这不是一个人胆力的事，我们
也无须假充硬汉），何用接二连三地放平枪呢！即使怕一排枪不
够驱散众人，尽放朝天枪好了，何用放平枪呢！所以即使卫队
曾放了一排朝天枪，也决不足做他们丝毫的辩解；况且还有后
来的拦门痛击呢，这难道还要问："有无超过必要程度？"

　　第一次枪声稍歇后，我茫然地随着众人奔逃出去。我刚发
脚的时候，便看见旁边有两个同伴已经躺下了！我来不及看清
他们的面貌，只见前面一个，右乳部有一大块殷红的伤痕，我
想他是不能活了！那红色我永远不忘记！同时还听见一声低缓
的呻吟，想是另一位，那呻吟我也永远不忘记！我不忍从他
们身上跨过过去，只得绕了道弯着腰向前跑，觉得通身懈弛得
很；后面来了一个人，立刻将我撞了一跤。我爬了两步，站起
来仍是弯着腰跑。这时当路有一副金丝圆眼镜，好好地直放着；
又有两架自行车，颇挡我们的路，大家都很艰难地从上面踏过

254

去。我不自主地跟着众人向北躲入马号里。我们偃卧在东墙角的马粪堆上。马粪堆很高，有人想爬墙过去。墙外就是通路。我看着一个人站着，一个人正向他肩上爬上去；我自己觉得决没有越墙的气力，便也不去看他们。而且里面枪声早又密了，我还得注意运命的转变。这时听见墙边有人问："是学生不是?"下文不知如何，我猜是墙外的兵问的。那两个爬墙的人，我看见，似乎不是学生，我想他们或者得了兵的允许而下去了。若我猜的不大错，从这一句简单的问语里，我们可以看出卫队乃至政府对于学生海样深的仇恨！而且可以看出，这一次的屠杀确是有意这样"整顿学风"的；我后来知道，这时有几个清华学生和我同在马粪堆上。有一个告诉我，他旁边有一位女学生曾喊他救命，但是他没有法子，这真是可遗憾的事，她以后不知如何了！我们偃卧马粪堆上，不过两分钟，忽然看见对面马厩里有一个兵拿着枪，正装好子弹，似乎就要向我们放。我们立刻起来，仍弯着腰逃走；这时场里还有疏散的枪声，我们也顾不得了。走出马路，就到了东门口。

这时枪声未歇，东门口拥塞得几乎水泄不通。我隐约看见底下蜷缩地蹲着许多人，我们便推推搡搡，拥挤着，挣扎着，从他们身上踏上去。那时理性真失了作用，竟恬然不以为怪似的。我被挤得往后仰了几回，终于只好竭全身之力，向前而进。在我前面的一个人，脑后大约被枪弹擦伤，汩汩地流着血；他也同样地一歪一倒地挣扎着。但他一会儿便不见了，我想他是平安的下去了。我还在人堆上走。这个门是平安与危险的界线，是生死之门，故大家都不敢放松一步。这时希望充满在我心里。后面稀疏的弹子，倒觉不十分在意。前一次的奔逃，但求不即死而已，这回却求生了；在人堆上的众人，都积极地显出生之努力。但仍是一味的静；大家在这千钧一发的关头，那有闲心情和闲工夫来说话呢？我努力的结果，终于从人堆上滚了下来，我的运命这才算定了局。那时门口只剩两个卫队，在那儿闲谈，侥幸得很，手枪队已不见了！后来知道门口人堆里实在有些是死尸，就是被手枪队当门打死的！现在想着死尸上越过的事，真是不寒而栗呵！

我真不中用，出了门口，一面走，一面只是喘息！后面有两个女学生，有一个我真佩服她；她还能微笑着对她的同伴说："他们也是中国人哪！"这令我惭愧了！我想人处这种境地，若能从怕的心情转为兴奋的心情，才真是能救人的人。苦只一味的怕，"斯亦不足畏也已！"我呢，这回是由怕而归于木木然，实是很可耻的！但我希望我的经验能使我的胆力逐渐增大！这回在场中有两件事很值得纪念：一是清华同学韦杰三君（他现在已离开我们了！）受伤倒地的时候，别的两位同学冒死将他抬了出来；一是一位女学生曾经帮助两个男学生脱险。这都是我后来知道的。这都是侠义的行为，值得我们永远敬佩的！

我和那两个女学生出门沿着墙往南而行。那时还有枪声，我极想躲入胡同里，以免危险；她们大约也如此的，走不上几步，便到了一个胡同口；我们便想拐弯进去。这时墙角上立着一个穿短衣的看闲的人，他向我们轻轻地说："别进这个胡同！"

我们莫名其妙地依从了他，走到第二个胡同进去；这才真脱险了！后来知道卫队有抢劫的事（不仅报载，有人亲见），又有用枪柄，木棍，大刀，打人，砍人的事，我想他们一定就在我们没走进的那条胡同里做那些事！感谢那位看闲的人！卫队既在场内和门外放枪，还觉杀的不痛快，更拦着路邀击；其泄忿之道，真是无所不用其极了！区区一条生命，在他们眼里，正和一根草，一堆马粪一般，是满不在乎的！所以有些人虽幸免于枪弹，仍是被木棍，枪柄打伤，大刀砍伤；而魏士毅女士竟死于木棍之下，这真是永久的战栗啊！据燕大的人说，魏女士是于逃出门时被一个卫兵从后面用有楞的粗大棍儿兜头一下，打得脑浆迸裂而死！我不知她出的是哪一个门，我想大约是西门吧。因为那天我在西直门的电车上，遇见一个高工的学生，他告诉我，他从西门出来，共经过三道门（就是海军部的西辕门和陆军部的东西辕门），每道门皆有卫队用枪柄，木棍和大刀向逃出的人猛烈地打击。他的左臂被打好几次，已不能动弹了。我的一位同事的儿子，后脑被打平了，现在已全然失了记忆；我猜也是木棍打的。受这种打击而致重伤或死的，报纸上自然有记载；致轻伤的就无可稽考，但必不少。所以我想这次受伤的还不止二百人！卫队不但打人，行劫，最可怕的是剥死人的衣服，无论男女，往往剥到只剩一条裤为止；这只要看看前几天《世界日报》的照相就知道了。就是不谈什么"人道"，难道连国家的体统，"临时执政"的面子都不顾了么；段祺瑞你自己想想吧！听说事后执政府趁人不知，已将死尸掩埋了些，以图

257

遮掩耳目。这是我的一个朋友从执政府里听来的；若是的确，那一定将那打得最血肉模糊的先掩埋了，免得激动人心。但一手岂能尽掩天下耳目呢？我不知道现在，那天去执政府的人还有失踪的没有？若有，这个消息真是很可怕的！

这回的屠杀，死伤之多，过于五卅事件，而且是"同胞的枪弹"，我们将何以间执别人之口！而且在首都的堂堂执政府之前，光天化日之下，屠杀之不足，继之以抢劫，剥尸，这种种兽行，段祺瑞等固可行之而不恤，但我们国民有此无脸的政府，又何以自容于世界！——这正是世界的耻辱呀！我们也想想吧！此事发生后，警察总监李鸣钟匆匆来到执政府，说"死了这么多人，叫我怎么办？"他这是局外的说话，只觉得无善法以调停两间而已。我们现在局中，不能如他的从容，我们也得问一问：

"死了这么多人，我们该怎么办？"

我所见的叶圣陶

　　我第一次与圣陶见面是在民国十年的秋天。那时刘延陵兄介绍我到吴淞炮台湾中国公学教书。到了那边，他就和我说："叶圣陶也在这儿。"我们都念过圣陶的小说，所以他这样告我。我好奇地问道："怎样一个人？"出乎我的意外，他回答我："一位老先生哩。"但是延陵和我去访问圣陶的时候，我觉得他的年纪并不老，只那朴实的服色和沉默的风度与我们平日所想象的苏州少年文人叶圣陶不甚符合罢了。

　　记得见面的那一天是一个阴天。我见了生人照例说不出话；圣陶似乎也如此。我们只谈了几句关于作品的泛泛的意见，便告辞了。延陵告诉我每星期六圣陶总回角直去；他很爱他的家。他在校时常邀延陵出去散步；我因与他不熟，只独自坐在屋里。不久，中国公学忽然起了风潮。我向延陵说起一个强硬的办法——实在是一个笨而无聊的办法！——我说只怕叶圣陶未必赞成。但是出乎我的意外，他居然赞成了！后来细想他许是有意优容我们吧；这真是老大哥的态度呢。我们的办法天然是失

259

败了，风潮延宕下去；于是大家都住到上海来。我和圣陶差不多天天见面；同时又认识了西谛，予同诸兄。这样经过了一个月；这一个月实在是我的很好的日子。

我看出圣陶始终是个寡言的人。大家聚谈的时候，他总是坐在那里听着。他却并不是喜欢孤独，他似乎老是那么有味地听着，至于与人独对的时候，自然多少要说些话；但辩论是不来的。他觉得辩论要开始了，微笑着说："这个弄不大清楚了。"这样就过去了。他又是个极和易的人，轻易看不见他的怒色。他辛辛苦苦保存着的《晨报》副张，上面有他自己的文字的，特地从家里捎来给我看；让我随便放在一个书架上，给散失了。当他和我同时发见这件事时，他只略露惋惜的颜色，随即说："由他去末哉，由他去末哉！"我是至今惭愧着，因为我知道他作文是不留稿的。他的和易出于天性，并非阅历世故，矫揉造作而成。他对于世间妥协的精神是极厌恨的。在这一月中，我看见他发过一次怒——始终我只看见他发过这一次怒——那便是对于风潮的妥协论者的蔑视。

风潮结束了，我到杭州教书。那边学校当局要我约圣陶去。圣陶来信说："我们要痛痛快快游西湖，不管这是冬天。"他来了，教我上车站去接。我知道他到了车站这一类地方，是会觉得寂寞的。他的家实在太好了，他的衣着，一向都是家里管。我常想，他好像一个小孩子；像小孩子的天真，也像小孩子的离不开家里人。必须离开家里人时，他也得找些熟朋友伴着；孤独在他简直是有些可怕的。所以他到校时，本来是独住一屋的，却愿意将那间屋做我们两人的卧室，而将我那间做书室。这样可以常常相伴；我自然也乐意，我们不时到西湖边去；有时下湖，有时只喝喝酒。在校时各据一桌，我只预备功课，他却老是写小说和童话。初到时，学校当局来看过他。第二天，我问他，"要不要去看看他们？"他皱眉道："一定要去么？等一天吧。"后来始终没有去。他是最反对形式主义的。

那时他小说的材料，是旧日的储积；童话的材料有时却是片刻的感兴。如《稻草人》中《大喉咙》一篇便是。那天早上，我们都醒在床上，听见工厂的汽笛；他便说："今天又有一篇了，我已经想好了，来的真快呵。"那篇的艺术很巧，谁想他只是片刻的构思呢！他写文字时，往往拈笔伸纸，便手不停挥地写下去，开始及中间，停笔踌躇时绝少。他的稿子极清楚，每页至多只有三五个涂改的字。他说他从来是这样的。每篇写毕，我自然先睹为快；他往往称述结尾的适宜，他说对于结尾是有些把握的。看完，他立即封寄《小说月报》；照例用平信寄。我总劝他挂号；但他说："我老是这样的。"他在杭州不过两个月，写的真不少，教人羡慕不已。《火灾》里从《饭》起到《风潮》这七篇，还有《稻草人》中一部分，都是那时我亲眼看他写的。

在杭州待了两个月，放寒假前，他便匆匆地回去了；他实在离不开家，临去时让我告诉学校当局，无论如何不同来了。但他却到北平住了半年，也是朋友拉去的。我前些日子偶翻十一年的《晨报副刊》，看见他那时途中思家的小诗，重念了两遍，觉得怪有意思。北平回去不久，便入了商务印书馆编译部，家也搬到上海。从此在上海待下去，直到现在——中间又被朋友拉到福州一次，有一篇《将离》抒写那回的别恨，是缠绵悱恻的文字。这些日子，我在浙江乱跑，有时到上海小住，他常请了假和我各处玩儿或喝酒。有一回，我便住在他家，但我到上海，总爱出门，因此他老说没有能畅谈；他写信给我，老说这回来要畅谈几天才行。

十六年一月，我接眷北来，路过上海，许多熟朋友和我饯行，圣陶也在。那晚我们痛快地喝酒，发议论；他是照例地默着。酒喝完了，又去乱走，他也跟着。到了一处，朋友们和他开了个小玩笑；他脸上略露窘意，但仍微笑地默着。圣陶不是个浪漫的人；在一种意义上，他正是延陵所说的"老先生"。但他能了解别人，能谅解别人，他自己也能"作达"，所以仍然——也许格外——是可亲的。那晚快夜半了，走过爱多亚路，他向我诵周美成的词，"酒已都醒，如何消夜永！"我没有说什么；那时的心情，大约也不能说什么的。我们到一品香又消磨了半夜。这一回特别对不起圣陶；他是不能少睡觉的人。他家虽住在上海，而起居还依着乡居的日子；早七点起，晚九点睡。有一回我九点十分去，他家已熄了灯，关好门了。这种自然的，有秩序的生活是对的。那晚上伯祥说："圣兄明天要不舒服了。"想起来真是不知要怎样感谢才好。

第二天我便上船走了，一眨眼三年半，没有上南方去。信也很少，却全是我的懒。我只能从圣陶的小说里看出他心境的迁变；这个我要留在另一文中说。圣陶这几年里似乎到十字街头走过一趟，但现在怎么样呢？我却不甚了然。他从前晚饭时总喝点酒，"以半醺为度"；近来不大能喝酒了，却学了吹笛——前些日子说已会一出《八阳》，现在该又会了别的了吧。他本来喜欢看看电影，现在又喜欢听听昆曲了。但这些都不是"厌世"，如或人所说的；圣陶是不会厌世的，我知道。又，他虽会喝酒，加上吹笛，却不曾抽什么"上等的纸烟"，也不曾住过什么"小小别墅"，如或人所想的，这个我也知道。

刘云波女医师

刘云波是成都的一位妇产科女医师，在成都执行医务，上十年了。她自己开了一所宏济医院，抗战期中兼任成都中央军校医院妇产科主任，又兼任成都市立医院妇产科主任。胜利后军校医院复员到南京，她不能分身前去，去年又兼任了成都高级医事职业学校的校长，我写出这一串履历，见出她是个忙人。忙人原不稀奇，难得的她决不挂名而不做事；她是真的忙于工作，并非忙于应酬等等。她也不因为忙而马虎，却处处要尽到她的责任。忙人最容易搭架子，瞧不起别人，她却没有架子，所以人缘好——就因为人缘好所以更忙。这十年来成都人找过她的太多了，可是我们没有听到过不满意她的话。人缘好，固然；更重要的是她对于病人无微不至的关切。她不是冷冰冰的在尽她的责任，尽了责任就算完事；她是"念兹在兹"的。

刘医师和内人在中学里同学，彼此很要好。抗战后内人回到成都故乡，老朋友见面，更是高兴。内人带着三个孩子在成都一直住了六年，这中间承她的帮助太多，特别在医药上。他们不断的去她的医院看病，大小四口都长期住过院，我自己也承她送打了二十四针，治十二指肠溃疡。我们熟悉她的医院，深知她的为人，她的确是一位亲切的好医师。她是在德国耶拿大学学的医，在那儿住了也上十年。在她自己的医院里，除妇产科外她也看别的病，但是她的主要的也是最忙的工作是接生，找她的人最多。她约定了给产妇接生，到了期就是晚上睡下也在留心着电话。电话来了，或者有人来请了，她马上起来坐着包车就走。有一回一个并未预约的病家，半夜里派人来请。这家人疏散在郊外，从来没有请她去看过产妇，也没有个介绍的人。她却毅然的答应了去。包车到了一处田边打住，来请的人说还要走几条田埂才到那家。那时夜黑如墨，四望无人，她想，该不会是绑票匪的骗局罢？但是只得大着胆子硬起头皮跟着走。受了这一次虚惊，她却并不说以后不接受这种半夜里郊外素不相知的人家的邀请，她觉得接生是她应尽的责任。

她的责任感是充满了热情的。她对于住在她的医院里的病人，因为接近，更是时刻的关切着——老看见她叮嘱护士小姐们招呼这样那样的。特别是那种情形严重的病人，她有时候简直睡不着的惦记着。她没有结婚，常和内人说她把病人当作了爱人。这决不是一句漂亮话，她是认真的爱着她的病人的。她是个忠诚的基督徒，有着那大的爱的心，也可以说是"慈母之心"——我曾经写过一张横批送给她，就用的这四个字。她不忽略穷的病家，住在她的医院里的病人，不论穷些富些，她总叮嘱护士小姐们务必一样的和气，不许有差别。如果发觉有了差别，她是要不留情的教训的。街坊上的穷家到她的医院里看病，她常免他们的费，她也到这些穷人家里去免费接生。对于朋友自然更厚。有一年我们的三个孩子都出疹子，两岁的小女儿转了猩红热，两个男孩子转了肺炎，那时我在昆明，内人一个人要照管这三个严重的传染病人。幸而刘医师特许小女住到她的医院里去。她尽心竭力的奔波着治他们的病，用她存着的最有效的药，那些药在当时的成都是极难得的。小女眼看着活不了，却终于在她手里活了起来，真是凭空的捡来了一条命！她知道教书匠的穷，一个钱不要我们的。后来她给我们看病吃药，也从不收一个钱。

我们呢，却只送了"秀才人情"的一副对子给她，文字是"生死人而肉白骨，保赤子如拯斯民"，特地请叶圣陶兄写；这是我们的真心话。我们当然感谢她，但是更可佩服的是她那把病人当作爱人的热情和责任感。

刘医师是遂宁刘万和先生的二小姐。刘老先生手创了成都的刘万和绸布庄，这到现在还是成都数一数二的大铺子。刘老太太是一位慈爱的勤俭的老太太，她行的家庭教育是健康的。刘医师敬爱着这两位老人。不幸老太太去世得早，老先生在抗战前一年也去世了，留下了很多幼小者。刘医师在耶拿大学得了博士学位，原想再研究些时候，这一来却赶着回到家里，负起了教育弟弟们的重任。她爱弟弟们，管教得却很严。现在弟弟们都成了年，她又在管着侄儿侄女们了。这也正是她的热情和责任感的表现。她出身在富家，富家出身的人原来有啬刻的，也有慷慨的，她的慷慨还不算顶稀奇。真正难得的是她那不会厌倦的同情和不辞劳苦的服务。富家出身的人往往只知道贪图安逸，像她这样给自己找麻烦的人实在少有。再说一般的医师，也是冷静而认真就算是好，像她这样对于不论什么病人都亲切，恐怕也是凤毛麟角罢！

教育家的夏丏尊先生

　　夏丏尊先生是一位理想家。他有高远的理想，可并不是空想，他少年时倾向无政府主义，一度想和几个朋友组织新村，自耕自食，但是没有实现。他办教育，也是理想主义的。最足以表现他的是浙江上虞白马湖的春晖中学，那时校长是已故的经子渊先生（亨颐）。但是他似乎将学校的事全交给了夏先生。是夏先生约集了一班气味相投的教师，招来了许多外地和本地的学生，创立了这个中学。他给学生一个有诗有画的学术环境，让他们按着个性自由发展。学校成立了两年，我也去教书，刚一到就感到一种平静亲和的氛围气，是别的学校没有的。我读了他们的校刊，觉得特别亲切有味，也跟别的校刊大不同。我教着书，看出学生对文学和艺术的欣赏力和表现力都比别的同级的学校高得多。

　　但是理想主义的夏先生终于碰着实际的壁了。他跟他的多年的老朋友校长经先生意见越来越差异，跟他的至亲在学校任主要职务的意见也不投合。他一面在私人关系上还保持着对他们的友谊和亲谊；一面在学校政策上却坚执着他的主张，他的理论，不妥协，不让步。他不用强力，只是不合作；终于他和一些朋友都离开了春晖中学。朋友中匡互生等几位先生便到上海创办立达学园；可是夏先生对办学校从此灰心了。但他对教育事业并不灰心，这是他安身立命之处；于是又和一些朋友创办开明书店，创办《中学生杂志》，写作他所专长的国文科的指导书籍。《中学生杂志》和他的书的影响，是大家都知道的。他是始终献身于教育，献身于教育的理想的人。

夏先生是以宗教的精神来献身于教育的。他跟李叔同先生是多年好友。他原是学工的，他对于文学和艺术的兴趣，也许多少受了李先生的影响。他跟李先生有杭州省立第一师范学校同事，校长就是经子渊先生。李先生和他都在实践感化教育，的确收了效果；我从受过他们的教的人可以亲切的看出。后来李先生出了家，就是弘一师。夏先生和我说过，那时他也认真的考虑过出家。他虽然到底没有出家，可是受弘一师的感动极大，他简直信仰弘一师。自然他对佛教也有了信仰，但不在仪式上。他是热情的人，他读《爱的教育》，曾经流了好多泪。他翻译这本书，是抱着佛教徒弘愿的精神在动笔的，从这件事上可以见出他将教育和宗教打成一片。这也正是他的从事教育事业的态度。他爱朋友，爱青年，他关心他们的一切。在春晖中学时，学生给他一个绰号叫作"批评家"，同事也常和他开玩笑，说他有"支配欲"。其实他只是太关心别人了，忍不住参加一些意见罢了。他的态度永远是亲切的，他的说话也永远是亲切的。

夏先生才真是一位诲人不倦的教育家。

《闻一多全集》编后记

我敬佩闻一多先生的学问，也爱好他的手稿。从前在大学读书的时候，听说黄季刚先生拜了刘申叔先生的门，因此得到了刘先生的手稿。这是很可羡慕的。但是又听说刘先生的手稿，字迹非常难辨认。本来他老先生的字写得够糟的，加上一而再再而三的添注涂改，一塌糊涂，势所必然。这可教人头痛。闻先生的稿子却总是百分之九十九的工楷，差不多一笔不苟，无论整篇整段，或一句两句。不说别的，看了先就悦目。他常说抄稿子同时也练了字，他的字有些进步，就靠了抄稿子。

再说，别人总将自己的稿子当作宝贝，轻易不肯给人看，更不用说借给人。闻先生却满不在乎，谁认识他就可以看他的稿子。有一回，西南联大他的班上有一个学生借他的《诗经长编》手稿四大本。他并不知道这学生的姓名，但是借给了他。接着放了寒假，稿子一直没有消息。后来开学了，那学生才还给他，说是带回外县去抄了。他后来谈起这件事，只说稿子没有消息的时候，他很担心，却没有一句话怪那学生。

三十年我和闻先生全家，还有几位同事，都住在昆明龙泉镇司家营的清华文科研究所里，一住两年多。我老是说要细读他的全部手稿，他自然答应。可是我老以为这些稿子就在眼前，就在手边，什么时候读都成；不想就这样一直耽搁到我们分别搬回昆明市，到底没有好好的读下去。后来他参加民主运动，事情忙了，家里成天有客，我也不好去借稿子麻烦他。去年春间有一天，因为文学史上一个问题要参考他的稿子，一清早去看他。哪知他已经出去开会去了。我得了闻太太的允许，翻看他的稿子；越看越有意思，不知不觉间将他的大部分的手稿都翻了。闻太太去做她的事，由我一个人在屋里翻了两点多钟。闻先生还没有回，我满意的向闻太太告辞。

　　想不到隔了不到半年，我竟自来编辑他的遗稿了！他去年七月还不满四十八岁，精力又饱满，在哪一方面都是无可限量的，然而竟自遭了最卑鄙的毒手！这损失是没法计算的！他在《诗经》和《楚辞》上用功最久，差不多有了二十年。在文科研究所住着的第二年，他重新开始研究《庄子》，说打算用五年工夫在这部书上。古文字的研究可以说是和《诗经》《楚辞》同时开始的。他研究古文字，常像来不及似的；说甲骨文金文的材料究竟不太多，一松劲儿就会落在人家后边了。他研究《周易》，是二十六年在南岳开始；住到昆明司家营以后，转到伏羲的神话上。记得那时汤用彤先生也住在司家营，常来和他讨论《周易》里的问题！等到他专研究伏羲了，才中止了他们的讨论。他研究乐府诗，似乎是到昆明后开始。不论开始的早晚，他都有了成绩，而且可以说都有了贡献。

闻先生是个集中的人，他的专心致志，很少人赶得上。研究学术如此，领导行动也如此。他在云南蒙自的时候，住在歌胪士洋行的楼上，终日在做研究工作，一刻不放松，除上课外，绝少下楼。当时有几位同事送他一个别号，叫做"何妨一下楼斋主人"，能这么集中，才能成就这么多。半年来我读他的稿子，觉得见解固然精，方面也真广，不折不扣超人一等！对着这作得好抄得好的一堆堆手稿，真有些不敢下手。可惜的是从昆明运来的他的第一批稿子，因为箱子进了水，有些霉得揭不开；我们赶紧请专门的人来揭，有的揭破了些，有些幸而不破，也斑斑点点的。幸而重要的稿子都还完整，就是那有点儿破损的，也还不致妨碍我们的编辑工作。

稿子陆续到齐。去年十一月清华大学梅贻琦校长聘请了雷海宗、潘光旦、吴晗、浦江清、许维通、余冠英六位先生，连我七人，组成"整理闻一多先生遗著委员会"，指定我作召集人。家属主张编全集，我们接受了；我拟了一个目，在委员会开会的时候给大家看了。委员会的意思，这个全集交给家属去印，委员会不必列名；委员会的工作先集中在整编那几种未完成的巨著上。于是决定请许维通先生负责《周易》和《诗经》，浦江清先生负责《庄子》和《楚辞》，陈梦家先生负责文字学和古史，余冠英先生负责乐府和唐诗，而我负总责任。但是这几种稿子整编完毕，大概得两三年。我得赶着先将全集编出来。

全集拟目请吴晗先生交给天津《大公报》、上海《文汇报》

发表。这里收的著作并不全是完整的，但是大体上都可以算是完整的了。这里有些文篇是我们手里没有的，我们盼望读者抄给我们，或者告诉我们哪里去抄。至于没有列入的文篇，我们或者忘了，或者不知道，也盼望读者告知。结果得到的来信虽然不算多，可是加进的文篇不算少，这是我们很感谢的。一方面我们托了同事何善周先生，也是闻先生的学生，他专管找人抄稿。我们大家都很忙，所以工作不能够太快；我们只能做到在闻先生被难的周年祭以前，将《全集》抄好交给家属去印。抄写也承各位抄写人帮忙，因为我们钱少，报酬少。全集约一百万字，抄写费前后花了靠近一百五十万元。最初请清华大学津贴一些，后来请家属支付一半，用遗稿稿费支付一半；这稿费也算是家属的钱。

《全集》已经由家属和开明书店订了合同，由他们印。惭愧的是我这负责编辑的人，因为时期究竟迫促，不能处处细心照顾。抄写的人很多，或用毛笔，或用钢笔，有工楷，也有带草的。格式各照原稿，也不一律。闻先生虽然用心抄他的稿子，但是他做梦也没想到四十八岁就要编《全集》，格式不一律，也是当然。抄来的稿子，承清华大学中国文学系各位同人好几次帮忙分别校正，这是很感谢的！

拟目分为八类，是我的私见，但是"神话与诗"和"诗与批评"两个类目都是闻先生用过的演讲题，"唐诗杂论"也是他原定的书名。文稿的排列按性质不按年代，也是我的私见。这些都是可以改动的。拟目里有郭沫若先生序，是吴晗先生和郭先生约定的；还有年谱，同事季镇淮先生编的，季先生也是闻先生的学生。

还想转载《联大八年》里那篇《闻一多先生事略》。还有史靖先生的《闻一多的道路》一书，已经单行了。去年在成都李、闻追悼会里也见到一篇小传，叙到闻先生的童年，似乎是比别处详细些。我猜是马哲民先生写的，马先生跟闻先生小时是同学，那天也在场，可惜当时没有机会和他谈一下。全集付印的时候，还想加上闻先生照相，一些手稿和刻印，这样可以让读者更亲切的如见其人。

朱自清年谱

• 1898 年 11 月 22 日，出生于江苏省东海县（今连云港市东海县平明镇），后随祖父、父亲定居扬州，自称"我是扬州人"。

• 1912 年进入江苏省立第八中学（今扬州中学）学习。

• 1916 年中学毕业并成功考入北京大学预科。

• 1917 年升入本科哲学系，并正式改名为"朱自清"，典出《楚辞·卜居》"宁廉洁正直以自清乎"，意思是廉洁正直使自己保持清白。同年，与武仲谦结婚。

• 1919 年开始发表诗歌，作为新文学运动初期的诗人之一，他以清新明快的诗作，在诗坛上显出自己的特色。同年 2 月出版处女作诗集《睡吧，小小的人》。

• 1920 年从北京大学哲学系提前毕业。毕业后，先在杭州第一师范，后回到母校江苏省立第八中学（今扬州中学）教授国文、哲学，并任教学主任。

• 1921 年参加文学研究会，是"五四"时期重要的作家之一。

• 1922 年，他只身一人到浙江台州第六师范学校任教，与俞平伯等人创办《诗》月刊，积极参加新文学运动。

· 1923 年，发表了近三百行的抒情长诗《毁灭》，表明自己对生活的严肃思考和进取不懈的人生态度。

· 1924 年，诗和散文集《踪迹》出版。

· 1925 年，朱自清任清华大学中文系教授，开始从事文学研究，创作方面则转为以散文为主。

· 1927 年，大革命失败，中国的社会矛盾进一步激化。朱自清的作品不再限于日常生活的抒情小品，转向抨击现实丑恶的杂文。

· 1928 年，第一本散文集《背影》出版，集中所作均为个人真切的见闻和独到的感受，并以平淡朴素而又清新秀丽的优美文笔独树一帜。

· 1931 年 8 月，朱自清留学英国，进修语言学和英国文学；后又漫游欧洲五国。

· 1932 年 7 月，朱自清回国，任清华大学中国文学系主任，与闻一多同事并一起论学。

· 1932 年 8 月 20 日，朱自清续弦陈竹隐，在上海举办婚礼。同年 8 月底，朱自清赴欧洲游学。

· 1934 年，出版《欧游杂记》和《伦敦杂记》，这是用印象的笔法写成的两部游记。

· 1935 年，编辑《〈中国新文学大系〉诗集》并撰写《导言》。

· 1936 年，出版散文集《你我》，其中，《给亡妇》娓娓追忆亡妻武钟谦生前种种往事，情意真挚，凄婉动人。这一时期，朱自清散文的情致虽稍逊于早期，但构思的精巧、态度的诚恳仍一如既往，文学的口语化则更为自然、洗练。

· 1937 年，抗日战争爆发后，朱自清随清华大学南下长沙。

· 1938 年 3 月，朱自清到昆明，任西南联合大学中国文学系主任，并当选为中华全国文艺界抗敌协会理事。与叶圣陶合著《国文教学》等书。

· 1940 年，朱自清在成都目睹饥民哄抢米仓，愤然写下《论吃饭》一文，犀利地指责当权者无视人民温饱，支持人们为维护自己的天赋人权而斗争。

· 1946 年 7 月，朱自清的好友李公朴、闻一多的先后遇害，使他震动和悲愤。他出席了成都各界举行的李、闻惨案追悼大会，报告闻一多生平事迹并作文纪念。

· 1946 年 10 月，朱自清从四川回到北平，于 11 月担任"整理闻一多先生遗著委员会"召集人。

· 1948 年 8 月 12 日，朱自清因患严重的胃病（严重的胃溃疡导致的胃穿孔）逝世，享年 50 岁。